los libros de la medianoche

¿Y a ti dónde te entierro, hermano?

Julián Ibáñez

ediciones
VOSA

© Julián Ibáñez y Ediciones VOSA SL
Primera edición, junio 1994
Portada: P. Yepes

Ediciones VOSA SL
Calle Hermosilla, 132, bajo
28028 Madrid
Teléfono-Fax: (91) 725 94 30

ISBN: 84–86293–97–9
D.L.: M–16077–94
Imprime: Gráficas Zenit, SAL
Fotocomposición: Sobretex, SL
Printed in Spain

1

No me gustaron sus arañazos, ya cuando apareció en la puerta —en los pómulos y en la barbilla—, ni que llevara las mangas de la camisa por encima de los bíceps; tampoco las venas de su cuello, demasiado abultadas. Y me desconcertó que de su boca no saliera ninguna palabra, sólo algunos gruñidos.

Sin embargo continué haciéndole la trenza a Samira, pero vigilándolo de reojo.

Un par de minutos después, el fulano aquel, lanzó una especie de ronquido de agonía e inició el destrozo del bar.

Primero cayeron algunas botellas: Larios, Soberano, de 103, de Dyc, Beefeater, La Asturiana, y botes de cerveza, Mahou, Cruz Blanca, El Águila y Calatrava Golden; a continuación la jarra con los batidores, la jarrita de menta, una caja de copas de champán, la pila de ceniceros y el florero de plástico de Mariquita. Un bote de cerveza golpeó la uralita, mientras el mostrador de conglomerado se hundía bajo el peso del tipo que se había lanzado a por Samira, atrapándola por la garganta. La estantería, ¡con todas mis inversiones, mis ahorros de dos años! comenzó a tambalearse.

El fulano aquel era sordomudo, ahora lo advertía. No hablaba, no podía hablar, y seguramente tampoco oía. Hay que joderse, ¡sordomudo! Ni hablaba ni oía, sólo gruñía, *grrrrr*. No había salido una palabra de su boca, se había limitado, al entrar, a mirarnos, a gruñir y a gesticular. Lo había hecho al acercarse a la barra, y le gruñó también a Samira, muy excitado, cuando ésta le pidió quinientas pelas por la cerveza, pugnando por lanzarle un amasijo de palabras gruesas que no cabían por su garganta.

Resulta imposible tener una charla amistosa con un sordomudo, estarán de acuerdo conmigo, ni empleando su alfabeto de señas, se impacientan demasiado. Ah, de pronto recordé haber visto antes a aquel fulano, hacía un par de semanas, sí, en el *Tú y Yo,* tonteando con Samira, precisamente.

Serían las dos, o quizás algo más, y estábamos a punto de cerrar. Capitán Tan no había aparecido aquella noche, cuando, por una vez, podía haberme echado una mano. Y *Tairo* había muerto envenenado el jueves (las chicas lo habían enterrado cerca del río dentro de una caja de Ballantine's). Tampoco habían aparecido ni Abascal ni Teo. Así que el único cliente que teníamos —lo tomé entonces por un administrativo de la azucarera Ebro, o uno de los encargados de los talleres— se limitó a contemplar como el sordomudo atrapaba a Samira por el gollete, sin dar un sólo paso para intervenir, ni abrir la boca.

No había caído la última botella cuando Samira tenía ya dos palmos de lengua flameando al viento; los músculos del sordomudo estaban tensos y su rostro, maligno, muy maligno, el cabrón, se había puesto púrpura y parecía a punto de explotar.

Mi mano reptó debajo del mostrador, detrás de la canilla de la cerveza, buscando la cachiporra. La encontró. La empuñé. Rodeé la barra situándome a espaldas del sordera para, con todas mis fuerzas, descargarle un golpe seco en el trapecio derecho. El tipo soltó el cuello de su amada, llevándose la mano al hombro, pero sin volverse para averiguar quien le había golpeado. Se lanzó, eso sí, ciego, bufando, sobre el cesto de la leña y, el hijo de puta, que cabrón, se volvió ¡empuñando una astilla de medio metro!

¡Así que vi venir hacia mí, como un tren a gran velocidad, inmovilizado entre las vías, una punta afilada!

Antes de que me la clavara, parte de mi cerebro tuvo una visión de película: vi los rostros asombrados de Mariquita y Curra, aunque hacía ya media hora que se habían ido a casa, también el del Capitán Tan que aquella noche no había aparecido por el *Bambú*; vi también algunas imágenes de mi vida: en el colegio ganando puestos en la fila, pescando ranas con un trapo, paseando por una calle en una ciudad lluviosa; también vi una caja de Voll Damm, un par de botellas de Cacique y Bacardí, el cubo de la basura rebosante, una delgada columna de humo azul surgiendo de un cenicero Osborne... ¡y el cuchillo de cortar limones elevándose, *carnicero,* sobre la espalda del sordera!. Y, detrás, el rostro espectral, ausente, de Samira.

Me informaron, setenta y dos horas después de aquello, cuando recobré la conciencia en una cama, entre paredes y techo blancos, cubierto por una colcha blanca, que el sordomudo me había clavado la astilla en el hipocondrio derecho, a cinco centímetros del ombligo y a sólo dos del bazo. Al parecer era un milagro que Novoa no hubiera pasado a mejor vida. Y lo increíble había sido que el tipo, con el cuchillo de cortar limones entre las costillas, era de suponer, y ya moribundo, era también de suponer, no había quedado satisfecho y me había sacado la astilla tirando de ella con las dos manos, dejándome adentro, de regalo, cinco astillitas, entre los tres y los siete centímetros, dispuesto, el hijo de puta, a ensartarme de nuevo. Pero esto último no había logrado hacerlo.

Permanecí diez largos y plúmbeos días internado en el hospital de la Diputación, en Herrera. Se ocuparon de mí dos médicos, uno de ellos de pelo blanco y movimientos enérgicos, doctor Beltrán se llamaba, jefe mayor de cirujanos; y otro más joven, con gafas, doctor Perut, Perot, Parot, o algo así, urólogo, aficionado a las faldas almidonadas. Cuatro enfermeras me confundieron con un caniche sacado del baño: señoritas Ana, Consu, Mila y Luisa; un enano —mi metro cincuenta y siete le sacaría unos tres dedos— de pijama blanco, empujó mi camilla por varias millas de pasillo hasta meterme en una habitación con otros tres incurables y un biombo.

Todo marchó sobre ruedas gracias a 800 centímetros cúbicos de sangre anónima, a una sonda de dos metros, a 600 centímetros cúbicos de suero, a 12 gramos de Cepotaxima, 720 miligramos de Gentamicina, algo de potasio, nueve ampollas de Nolotil, un tubo de aspirinas, algodón, gasas y kilómetros de vendas y esparadrapo.

Un pasma consumió diez minutos de su jornada laboral en interrogarme. Más tarde, llegó a mis oídos, a través de diversos conductos, que también habían interrogado a media docena de sordomudos, valiéndose de los servicios de un traductor de la Escuela de Sordomudos, y al único testigo de los hechos, un tal Calva, que, ¡jódete! no era administrativo de la azucarera Ebro como yo había creído, ni encargado de los talleres, sino que era ¡guardia civil! y, por lo visto, aquella noche, había olvidado la pistola y el reglamento en casa.

La versión que corría era que el sordomudo, después de ensartarme con la astilla, ahuyentado por la temeraria intervención del guardia, había robado un coche y se había esfumado y sabe Dios dónde se encontraba ahora. Ni una palabra sobre la cuchillada que Samira le había dado, que para mí había sido necesariamente mortal. Nada sobre el cadáver. Nada tampoco sobre la participación de Samira en el asunto. Esta, según las chicas, había sentido una repentina nostalgia de desierto y había regresado a Marruecos; Curra y Mariquita la habían acompañado a la estación. El tal Calva, el guardia civil, en su declaración, había adornado su participación en los hechos olvidando mencionar el cuchillo y hasta la presencia de Samira en el bar. Para mí, lo que había pretendido con ello, el pájaro, era no echar un borrón a su expediente y, de paso, darle a éste un empujoncito hacia arriba.

Así que lo que teníamos era un sordomudo manejando astillas de fresno, ahuyentado por la temeraria intervención de un guardia civil, dándose a la fuga en un coche robado.

El caso se lo asignaron a la Sala Segunda de lo Penal de Herrera. El juez instructor se llamaba Pancho y el defensor, pagado por el Inserso, vía Asociación de Familiares de Disminuidos Físicos y Mentales, Collado o algo así. Y este mismo tipo, cuando logró colarse en mi habitación, me ofreció cincuenta mil si retiraba la demanda, pagadas por el Inserso. Las acepté.

El club donde por aquel entonces me ganaba la vida, se llamaba *Bambú* y estaba en la comarcal 642, a medio camino entre San Justo y Herrera. Había alquilado doscientos metros de nave, de paredes de bloques, tejado de uralita y suelo de cemento; me había hecho con una estufa de hierro fundido para que no se congelaran las bebidas; había comprado una estantería metálica para poner las botellas; también cinco metros de mostrador de conglomerado; media docena de banquetas; cuatro mil kilos de leña, mezcla de fresno y encina; cierta cristalería, un frigorífico, ceniceros, agitadores, bebidas varias y cartones de tabaco; había contratado un par de tragaperras y una máquina de pistachos y, por último, había buscado por diversos clubes a media docena de chicas de las que ya no esperan ver aparecer al príncipe de sus sueños cada vez que se abre una puerta.

2

Las chicas se hicieron cargo del club durante mis vacaciones hospitalarias. Abrieron a las siete, cerraron pasadas las dos, limpiaron, partieron astillas, encendieron la estufa, recibieron los pedidos, apuntaron en una libreta lo que consideraban era una recaudación razonable, y, ellas solas, echaron a los borrachos, a los gorrones, a los menores de edad y pusieron una copa a los guardias.

Cuando salí del hospital comenzó a llover. Llovió durante diez días. Así que el negocio iba mal, a la gente le daba por quedarse en casa viendo la televisión, a la espera del buen tiempo. Además, el aparcamiento del *Bambú* estaba lleno de charcos donde a nadie le apetecía ver navegando a su utilitario. El agua se metía por debajo de la puerta inundando la nave.

Me vi obligado a tirar de mis últimas reservas para prestarles algún dinero a las chicas.

El primer día sin lluvia, un martes, cuando la puerta se abrió, a eso de las doce, reconocí, nada más verlo, al tipo que se había declarado mi salvador. El tal Calva. Guardia civil. De los cuatro fue el último en entrar.

Guardia civil sin pistola y sin reglamento en sus horas libres, ¿eh? y no administrativo de la azucarera Ebro, o encargado de los talleres, como en un principio yo había creído.

Conocía un poco a los otros tres sujetos que le acompañaban. El primero en aparecer era también guardia, o lo había sido, y los otros dos sólo tenían que ver con el Cuerpo desde el otro lado de las trincheras. Los dos guardias venían de paisano.

El tal Calva era corpulento; de rostro redondo y afligido.

Al entrar dejó flotar su mirada, tratando de evitarme, incómodo al encontrarse de nuevo con su mentira.

—¿En forma? —fue Doctor Temple quien habló primero, dirigiéndose a mí, antes de alcanzar la barra, dándome ánimos con el puño.

Doctor Temple ejercía de jefe de los cuatro. Tenía un rostro chupado, de pómulos sobresalientes, de esquimal, donde los buenos tiempos se reflejaban en forma de gafas de cristales reducidos, con armadura de oro. Yo tenía la vaga idea de que, hasta los veinte años, Doctor Temple había tenido por hogar una alquería.

—En forma. —Le tendí la mano a Calva—. No he tenido ocasión de darte las gracias.

Debía agradecerle que hubiera dejado fuera del asunto a Samira. Sólo eso. Esperaba que no me interpretara mal. Si había aprovechado su declaración para darle un empujón a su expediente, eso no tenía que ver conmigo. Además su presencia allí me traía de golpe el recuerdo de la escena que yo, con mucho esfuerzo, había logrado ya borrar de mi mente. El tipo se limitó a estrecharme la mano.

—¿Qué le vas a poner? —intervino Doctor Temple, campechano.

—Una medalla.

Mis ojos recibieron su mirada, ahora sin ironía. Sus muñecas se apoyaron en el borde de la barra.

—Se la jugó por ti, hombrecito.

—Y te tengo a ti para recordármelo. Y mi nombre es Novoa.

¿Jugársela por mí? Humm. Bueno, estaba lo del escamoteo del cadáver del sordera, para no echar un borrón a su expediente, además yo no le había pedido que lo hiciera, Doctor Temple, sin duda, se refería a eso. Por cierto, ¿dónde coños lo habría enterrado? Seguramente lo había arrojado al río con una piedra.

Abrí una lata de Voll Damm Especial y se la serví a Calva en un vaso de Martini. Le puse también un platito con manises, por lo del escamoteo del cadáver. Doctor Temple le guiñó un ojo. Los dejé con sus sonrisas y me dirigí donde Mariquita que me estaba mostrando un billete.

Minutos después, Doctor Temple, con la espalda apoyada en la barra, cuando creyó tenerme a tiro, dijo:

—Tú necesitas a alguien aquí, hombrecito, a alguien que te eche una mano.

—¿A ti?

—A mí o a otro como yo.

—¿Para qué?

Aquel tono... Humm... No me gustaba. Ya no era un tono tan campechano. Así que pensé que lo que me acababa de decir lo tenía preparado, es decir, habían aparecido allí para soltarme algún pequeño rollo.

—... Un portero que diga "pasen y beban", "chicas cariñosas ahí adentro" —añadió. Miró a los otros para ver si habían cogido la gracia; luego bebió del botellín y se volvió—. ... Para seleccionar la clientela. Y que cuide que las chicas no metan la mano en el cajón...

Forcé una mirada de loco.

—Aquí nadie mete la mano en el cajón.

—Necesitas un portero —insistió. Miró hacia la estufa—. Pondremos catalíticas, nada de antiguallas —se inclinó hacia mí sobre la barra—. A no ser que quieras vender, buen hombre... ¿Quieres vender?

¿Vender? ¿había dicho vender? ¿El *Bambú*?

—¿El qué?

—Todo esto.

—¿El club?

—El club.

—¿Todo?

—Todo.

—¿A quién?

—A mí.

—No.

Cabeceó afirmativo.

—De acuerdo, tú quieres vender y nosotros queremos comprar. Pero no nos pongas un precio muy alto.

Le ignoré, o hice que le ignoraba. Me puse a contar vales. Llevábamos una noche regular. Unas quince mil. Sí, quizás era sólo un farol, una forma de pasar el rato. ¿Vender? ¿vender el *Bambú*?

Aquel club no valía nada, nadie en sus cabales podía estar interesado en comprarlo... No era más que una nave de bloques, con tejado de uralita, alquilada, con el contrato a punto de vencer... Sí, era una broma, sólo una broma, una forma de relajarse, una forma de pasar el rato haciendo un número delante de los amigos.

El resto del grupo nos contemplaba en silencio, salvo Calva que, con los brazos apoyados en la barra, tenía la mirada enterrada en las manchas de humedad del mostrador.

—No hablas en serio, eres un bromista, todas las noches entran aquí tres o cuatro —fingí no tomarme en serio las palabras de Doctor Temple, mientras mostraba actividad: secando vasos, colocando botellas...—. Esto es el *Bambú*, ¿dónde te crees que estás? ¿en un club de primera? el *Bambú*, donde se toma la última copa cuando se está demasiado cargado. ¿Qué clase de trabajo es ése de sacar el cubo de la basura? ¿lo vas a hacer tú? —vi que Calva había terminado su cerveza así que, para ganar tiempo, abrí otro bote de Voll Damm y se lo serví. Me dirigí de nuevo a Doctor Temple—: ¿Qué coche tienes ahora? ¿un Mercedes? ¿haría juego con un lugar como éste? ¿qué diría tu familia? No quieras quedarte con todo —apoyé las manos en el borde del mostrador y le pregunté, clavándole mi mirada de loco—: ¿Y a cambio de qué, eh? ¿cuánto estarías dispuesto a pagar?

Su respuesta no me llegó porque cogió la lata de Voll Damm vacía y la arrojó al cubo de la basura, sin fallar el enceste.

Aquello pareció una señal.

Vargas, el tercer miembro de la pandilla —un gitano; de unos veinticinco años, el figurín del grupo—, comenzó a limpiar los cristales de la ventana, sin esponja y sin agua. Albano, el último integrante de la pandilla —un fisioculturista devorador de papillas, de un metro ochenta y cinco de estatura y unos noventa kilos de peso; guardia también—, se anudó un trapo en la cabeza y se arrodilló para fregar el suelo sin cubo ni bayeta. Vargas dejó la ventana y se puso a barrer. Albano sacó la bolsa de la basura del cubo, metió el cubo dentro de la bolsa y la llevó afuera...

El resto del bar los contemplaba en silencio. Teníamos media docena de clientes. Un par de fulanos intentaron desaparecer sin pagar.

Deslicé la mano detrás de la canilla en busca de la porra. No me iba a dejar avasallar. Busqué detrás de la bomba y de la caja de los artilugios de pesca, pero no di con ella, ¿dónde cojones la había metido? Podía emplear la botella de amoníaco —la tenía a mis pies—, lanzarles el líquido a los ojos y dejarlos ciegos.

Lamia se acercó vacilante, empuñando el cuchillo de los limones. Pero ella no era Samira. Le hice una seña para que regresara a su sitio.

—Ahora cuéntame por qué —le dije en voz baja a Doctor Temple.

Me hizo esperar su respuesta, con los ojos puestos en Lamia. Al fin me habló, musitando:

—Porque lo dice tu amigo.

—¿Amigo? ¿qué amigo?

Durante unos segundos permaneció en silencio, pensativo, luego se separó de la barra, moviéndose perezoso hacia la puerta. Una vez allí, se volvió para decirme:

—El que está ahí afuera.

—¿Por qué no ha entrado? ¿es menor de edad?

—No ha entrado porque no puede.

—¿Por qué?

La sorna se reflejaba en la expresión de los cuatro. ¡Ojo!

—Está cansado.

—Nos sobran las banquetas —le repliqué.

La risa contenida de los dos payasitos me confirmó que me estaba deslizando por el camino equivocado.

Salí de la barra y me acerqué a Doctor Temple.

—El sordomudo, te estás refiriendo al sorderas, ¿a que sí? No era amigo mío.

Abrió la puerta.

—Entonces me he equivocado.

—¿Qué hicisteis con él?

Le guiñó un ojo a Albano.

—Eh, tú, juraría que lo enterramos, ¿no?

Albano y Vargas se sujetaban el estómago para no soltar la carcajada.

—Eres un bromista.

—¿Broma? —Doctor Temple le dio un revés en el estómago

a Albano—. Puntual, tú, ¿de acuerdo? y haz lo que él te ordene —me miró—. Le he nombrado encargado. Dale algo para los gastos, lo que te parezca.

Salieron, uno tras otro, Albano y Vargas con el espinazo doblado. La puerta se cerró a su espalda.

Las chicas y los clientes volvieron la mirada hacia mí. Empuñé el atizador de la estufa y salí tras ellos.

Diluviaba. Los cuatro tipos estaban ya dentro del coche. Fui hacia ellos, apretando el hierro. Doctor Temple bajó su ventanilla.

—Anda en su agujero por aquí cerca, hombrecito, haciéndote compañía. Para que no tengas que caminar mucho cuando le lleves unas flores. No te preocupes por el negocio, tendrás tu gratificación.

El coche inició la maniobra.

Oí la risa de los otros tres. Y como ésta aumentaban de tono al advertir que yo cambiaba la mirada para escudriñar ansioso a mi alrededor.

Cuando se fueron las chicas, a eso de las dos, cogí la linterna y un pico y, enfundado en un chubasquero, salí a la explanada.

¿Vender? ¿El *Bambú*? ¿A ellos? ¿Por qué? Si no valía nada, no era negocio y no hacía la competencia a nadie. Una jodida nave de bloques. ¿Entonces? Sólo era un capricho pasajero, eso era, mi vieja teoría de que se trataba de una broma, algo fuerte entre semana, para llegar al sábado en forma.

No iba a encontrar nada, llovía demasiado y existían mil lugares donde podían haber cavado un hoyo. Si es que existía aquel hoyo.

A la mañana siguiente madrugué para regresar al club.

A las siete la lluvia había cesado. La presión estaba subiendo y podía apostar que, hacia mediodía, tendríamos un esplendoroso sol. La luz era ya suficiente para encontrar un cadáver. Me puse el chubasquero y fui a la parte de atrás del club.

Me bastó echar un vistazo para comprender que tenía a mi

alrededor unas diez hectáreas donde la tierra podía haber sido removida en cualquier punto, y sembrada de cadáveres como si fueran trigo.

A lo largo del río, en una franja de doscientos metros de largo por unos treinta de ancho, había una serie huertos de repollos y escarolas labrados con mula mecánica. Una pala había robado un par de camiones de tierra de miga junto a la carretera. En primavera y verano abundaban por allí los afiebrados buscadores de lombrices, levantando con su azada toneladas de lodo en las regueras y en el desagüe del club; sin olvidar a los sufridos buscadores de cardillos. Entre el club y la carretera, a la derecha del trozo libre donde los clientes dejaban el coche, había tres o cuatro escombreras clandestinas. Existía un entramado de zanjas para los cimientos de una granja de conejos que nunca se llegó a construir. Viejas trincheras de alguna guerra cruzaban todo el territorio. Había montones de hojas y ramas que el viento y las riadas habían llevado hasta allí; había hormigueros gigantes, viveros de conejos, nidos de ratas y culebras y el pequeño basurero que el *Bambú* llevaba fabricando desde su apertura... El cadáver del sordomudo, si es que se encontraba por allí, podía estar enterrado debajo de cualquiera de esos montículos, o desmenuzado en trozos no más grandes que un puño y repartido en un radio de mil metros...

Transcurrieron un par de días sin que ocurriera nada que no fuera servir copas. Llovía y no llovía.

Me levantaba a las diez. Me duchaba. Me vestía. Me asomaba a la ventana de la habitación durante una hora. Leía el periódico en El Rodeo. Iba al *Bambú* y reponía botellas. Removía un poco la tierra aquí y allá. Resoplaba. Levantaba la nariz buscando con el radar un olor a podrido. Hacía cábalas sobre qué sucedería si alguien antes que yo encontraba el fiambre. Sacaba la caña y bajaba al río; pero no pescaba, me quedaba contemplando la corriente con la mente puesta en planetas lejanos.

Por la tarde tomaba café con algún colega; jugábamos al badgámon o hablábamos de futuros grandes negocios, de clubes reservados donde exigiríamos las uñas limpias para entrar, donde las conversaciones serían susurros y el tintineo del hielo en los vasos recordaría las campanitas de una aldea la noche de Navidad.

Un par de veces, en San Justo, vi un corrillo de sordomudos parados en una esquina; volvieron la cabeza en mi dirección cuando crucé a su lado. Tomé aquello entonces sólo como una coincidencia.

3

Eran las ocho pasadas, la noche de un jueves, y Lamia no se había presentado.

A las ocho y media, cuando pregunté por ella, Nélida me vino con el cuento —un cuento demasiado cortante— que su compañera tenía la gripe. La gripe. De qué coño me estaba hablando. Además capté vibraciones, y las capto cuando alguien me está mintiendo. Tampoco era época de gripe.

Teníamos sólo un par de clientes, dos palurdos de Monegre, por lo que cogí el coche y, sin decirles nada a las chicas, enfilé hacia San Justo, donde Lamia tenía su pensión.

La encontré en su cuarto, sentada en una silla junto a la ventana. Un vendaje casero le envolvía la cabeza.

—¿Qué te pasa?

Me miró a la defensiva, pero por poco tiempo, de golpe apretó el gatillo y: *ajulá, ajulá...*

Entre el rollo de palabras árabes excitadas logré entender que se había caído por las escaleras del *Tú y Yo* cuando iba cargada.

—Hay que mirar donde se pisa. Y qué se bebe —le dije, sentándome en la cama.

Le daba al tarro más de la cuenta, como todas. Comían poco y bebían demasiado. Lamia especialmente, parecía encontrarse todavía en medio del desierto. Me había tocado enseñarle el camino de casa más de una docena de veces.

Le dije a la patrona que la acompañara a ver a un médico, que le hicieran una cura decente. Luego a Lamia que esperaba verla el sábado en el club.

Ya de vuelta en el *Bambú* me encontré con una sorpresa: el musculoso Albano, de paisano, me estaba esperando en el aparcamiento, dispuesto a entrar en faena. Ya me había olvidado de él y del asunto de la compra del *Bambú*.

Le dije a Nélida que se guardara sus mentiras si quería seguir trabajando conmigo. Era además una mentira innecesaria. Lamia y Nélida se daban el pico delante de los clientes, mientras yo torcía el morro porque a qué cojones creían ellas que venía la gente al *Bambú*. No me importaba Lamia, ni ninguna de las otras, ni el método que empleaban para romperse la cabeza, sólo me importaba el hueco que dejaban detrás de mi barra un sábado, que yo tuviera que ponerme servir copas, o sacar el cubo de la basura. Eso era lo que me importaba.

Albano me había seguido dentro del club, perruno, con las manos fuera de los bolsillos.

—¿Qué? —se dirigió a mí.

Le di un repaso con la mirada, sin responderle, estudiándole, valorándole. Podía calcularle unos noventa kilos, o más, músculo del bueno, porque no todo eran pesas en la puesta a punto del amigo Albano. Tenía una jeta algo infantil, de ciudadano cabal que mete a los amigos de borrachera en la cama y luego regresa a casa trotando y resoplando para mantenerse en forma. Me sacaría casi dos cabezas. Su cuello era demasiado robusto para que le sobresaliera la nuez, ¡zas! podía darle un golpe allí con el canto de la mano, aunque resultaría difícil. Vestía jersey marrón oscuro Mássimo Dutti, pantalones Levis con remaches y deportivas Kelme, blancas y verdes, un cuarenta y cinco o un cuarenta y seis. Bueno, quizás se encontraba allí sólo para hacer acto de presencia. O no, quizás, el mamón, hasta se había tomado en serio las palabras de su jefe.

Sin que yo le dijera nada, comenzó a mover los taburetes, a recoger papeles del suelo, a darle una patada al cubo de la ceniza, a arrastrar el cajón de la leña y a arrojar una cerilla encendida dentro de la estufa vacía, echándome una mirada de reojo de vez en cuando.

Las chicas, fingiendo que venían a coger una botella, me pedían con la mirada que les resolviera el enigma. De momento, yo no tenía ninguna respuesta para ellas.

Al fin, Albano, cumplida su jornada laboral, ocupó uno de los taburetes y encendió un pitillo; apoyó los brazos en la barra y echó el humo por la nariz con fuerza.

—¿Cansado? —le pregunté, desde el otro lado de la barra.

—Ponme algo de beber.

—¿Qué tomas?

Incluso podía resultar un problema, quién sabe.

Le serví una Mahou pequeña.

Bueno... Claro, podía encajarle el zapato en la entrepierna... o aplastarle la jeta de un cabezazo... No, quizás resultara mejor buscarle los ojos con los pulgares... Podía hacerle todo eso y algo más, tomándome mi tiempo, incluso podía sentarme y leer el periódico, porque sus manos tardarían un par de siglos en alcanzarme. Podía retorcerle un dedo y partírselo. Era una posibilidad. Si empleaba la cachiporra sólo serviría un golpe seco en el occipucio. Y si me atrapaba me vería obligado a morderle, en la yugular tal vez... Podía hacerle cualquier perrería... con tal de que la puta herida no se me abriera.

—Son doscientas —le dije más tarde, retirándole el botellín de Mahou ya vacío.

Sólo teníamos un cliente, un holgazán de Monegre que trataba de sacarle una copa a Nélida.

Albano me sonrió con suficiencia. Un par de minutos después dejó la banqueta, rodeó la barra y abrió el cajón del dinero.

Busqué la porra detrás de la canilla. Las costuras de la herida me dieron un tirón suave.

Cogió un puñado de monedas del cajón, arrojó dos de cien sobre la barra y el resto se las guardó en el bolsillo.

—Hoy no te doy propina —me informó—. No te la has ganado.

Así que no era una broma. ¡Aquellos hijos de puta pretendían quedarse con mis ganancias! De momento me limité a estirarme la piel de la barbilla con la mano, en un gesto de pensador.

Las chicas nos miraban en silencio.

Se abrió la puerta y entraron dos clientes, un chatarrero de Monegre y un repartidor de productos de droguería de Herrera.

Entraron otros clientes: camioneros, albañiles, obreros de la fábrica de muebles Parella y desocupados. Dejé la barra y eché unas cuantas astillas a la estufa que ya había encendido. Luego me acerqué a un par de tipos y les dije que bajaran la voz.

Albano fumaba ahora con los brazos apoyados en la barra, con la expresión de suficiencia de haber sacado el ciento por ciento de réditos a su idea del día.

Después de renovar las cervezas del frigorífico, le hice una seña a Curra para que se acercara.

—Coge la libreta.

Curra me miró, sin comprender.

—Apunta —le dije. Luego me dirigí a Albano—: ¿Así que os queréis quedar con esto?

—Ya nos hemos quedado —me contestó, muy seguro.

—Voy a poner un anuncio —le dije a Curra, que no había cogido ninguna libreta ni bolígrafo porque ni siquiera sabía escribir, mientras mantenía mis ojos de loco clavados en la jeta de Albano donde acababa de aparecer una remota expresión de recelo.

—¿Así que trabajas en la Comandancia? —sabía que era guardia civil, aunque nunca le había visto de uniforme —¿en las oficinas? ¿un tipo como tú?

Me miraba pero se encontraba a ciegas, sin ver todavía la luz.

—Apunta —le dije a Curra—. "Mido un metro ochenta y cinco; ojos oscuros; conservo todo el cabello; dentadura perfecta. Busco un amigo. Soy cariñoso y estoy bien armado. Pregunta por Albano. Si quieres tomar una copa, llámame. Comandancia de la Guardia Civil de Herrera".

El tipo tardó en comprender, siempre tardaría en comprender. Levantó la cabeza y apretó los puños, con los brazos tensos sobre la barra.

Me limité a dejarle ver mi mano reptando en busca del cuchillo.

Entonces su dedo índice azotó el aire, más cerca de su nariz que de la mía, temiendo que se lo rebanara. Soltó entre dientes:

—¡Enano cabrón!

Palabras. Yo enano y tú el bueno de Albano, alguien que se coge la cabeza entre las manos para recordar su nombre. El sabía muy bien que allí, con el mostrador, las banquetas y las mesas entre nosotros, y el cuchillo en mi mano, no sería capaz de atraparme.

Dejé el cuchillo a la vista en la repisa de las botellas y encendí un pitillo, sosteniéndole la mirada como una advertencia de que podía cursar aquel anuncio cuando quisiera, o repartirlo por unos cuantos buzones.

Luego le di la espalda para reponer una botella de Dyc Especial que Mariquita me había pedido.

Cinco minutos después, regresé donde él y le dije:

—Devuelve al cajón las monedas que has cogido y lárgate.

Aprovechó la oportunidad que le daba para gastar su mirada dura en Novoa durante unos segundos, mientras yo me movía de un lado para otro atendiendo a los clientes y dando órdenes a las chicas.

No devolvió el dinero. Cuando se produjo uno de esos silencios súbitos que de vez en cuando se producen en los bares, empleó todos sus músculos para dejar la banqueta, alcanzó la puerta y desapareció sin despedirse ni molestarse en cerrar.

A eso de las dos echamos el cierre.

Habíamos hecho veinte billetes, lo normal para un día entre semana. Pagué a las chicas, dejé un poco de cambio en el cajón y, junto con la recaudación del martes y del miércoles, lo metí todo en el estuche del banco.

En el trayecto entre el club y San Justo —unos diez y siete kilómetros—, a mitad de camino, alargué la mano para asegurarme que había puesto el estuche en el asiento de al lado; luego traté de conectar la radio, pero recordé que hacía un par de días me la habían robado. Aflojé los músculos del cuello, dejando flotar la cabeza, y me dediqué a pensar.

Pensé sobre la temporada de pesca. Todavía hay nieve allá arriba, me dije, si sube la temperatura y continúa lloviendo nos tendremos que conformar con ver pasar la corriente... Me gustaría meter en la cesta algún lucio. Cebo vivo.

Al cruzar junto al cementerio de Arquera, la visión de los cipreses, a la luz de los faros, dio un giró de ciento ochenta grados a mis pensamientos, es decir, comencé a cavilar sobre el Más Allá.

"... *Señor*, me dije, relajando la presión de las manos en el volante, *haz que este Siervo Tuyo encuentre en cualquier oscura tienda de artículos deportivos anzuelos del seis, del Seis, (para montar dentro de un plomo del Dos con uno de esos pececillos de goma a quinientas pelas la caja de veinticinco, esos los tienen en Cañasport) para que no me deje la mitad del sueldo cada vez que bajo al río y enseñarle, de vez en cuando, un pez al recepcionista del Cantábrico".*

Tenía un coche a mi espalda. Los faros se reflejaban en el retrovisor, como dos ojos, vigilándome.

¿Habrá otro tipo como yo en un Planeta Lejano, imagen del Planeta Tierra en un espejo?, medité a continuación... *¿propietario de otro club de carretera, con un Renault 18... no, un Renault 81, media docena de trajes y amante de la caña?... ¿Le ocurrirán las mismas cosas que a mí, sólo que a la mano contraria? ... ¿Manejará con la izquierda el cambio de su Renault 81? ¿escribirá de derecha a izquierda como los árabes?... ¡entonces enrollará los espaguetis en el sentido contrario de las agujas del reloj!... y tendrá la puta herida en el lado derecho, ¡en pleno hígado!*

Los dos ojos continuaban a mi espalda.

La temperatura no iba a subir porque teníamos una noche estrellada, sin viento, así que helada segura. Un lobo aullaría en alguna parte; un lobo solitario... no, solitario no, siempre van en manada, pero el resto de la manada habría muerto, de viejos, o envenenados por beber agua del río; me hubiera gustado verlo, en lo alto de una roca; el más joven de la manada, el cuarto en cuestiones de velocidad, pero con la medalla de oro al Mejor Olfato.

Fue en la calle Maestro Turol, en San Justo ya, cuando pensé que no todo era normal aquella noche: después de doblar un par de esquinas continuaba con los Faros Misteriosos clavados a mi espalda.

Levanté el pie del acelerador hasta detenerme casi. Los faros mantuvieron la distancia. Pero, sorpresivamente, giraron en Alvarez Montalvo y desaparecieron.

Aparqué enfrente del banco, salí del coche y me dirigí al buzón nocturno con el estuche del dinero bien apretado bajo el brazo.

Oí pasos. Cuando me volví ya le tenía encima al cabrón. Se cubría con una capucha pero la complexión y la zamarra de piel eran los de Albano. Le arrojé el estuche a la cabeza.

—¡Hijoputa!

Sentí la herida desgarrándose, como la mordedura de un hurón.

Di media vuelta y eché a correr. Choqué con Vargas. Llevaba la mitad del rostro cubierto con un pañuelo, pero tenía al aire sus inconfundibles rizos negros. Me golpeó ciego, con los dos puños a la vez.

Retrocedí pero, en vez de correr, traté de patearle. Mis zapatos sólo encontraron un poco de aire. Un zambombazo en el cuello, por la espalda, me tumbó. Vi una suela claveteada buscando mi cara. La encontró. Se produjo un gran fogonazo, seguido por un vacío total, incoloro, del que me sacó mi propio vértigo contemplando el giro de las luces del banco. Oí el roce de las tachuelas sobre el pavimento, entonces rodé y gateé hasta encontrar el tronco de un árbol.

Albano y Vargas me buscaron tanteando con la punta de las botas. Los faros de un coche iluminaron la escena. Los dos tipos se detuvieron por un instante. Luego sus siluetas se movieron a contraluz, desconcertados, como si se encontraran en un escenario y nadie les hubiera marcado los movimientos. Me incorporé situándome dentro del haz de luz de los faros y levanté los brazos pidiendo ayuda. El coche se acercaba haciendo eses, era un borracho, redujo la marcha pero no se detuvo, aceleró de nuevo mientras el conductor sacaba la cabeza por la ventanilla.

—¡Socorro! —gritó.

Tenía el costado izquierdo empapado. Me apoyé en el tronco del árbol y giré, dejándome caer, doblando las rodillas hasta tener cubierto el rostro con las piernas. Me había quedado sin fuerzas, no podía levantarme y menos aún defenderme, sólo podía esperar la aparición de otro coche. Así que esperé el milagro sentado, con la cabeza entre las piernas y los brazos sobre la nuca.

El nuevo ataque no llegó. Cuando levanté la cabeza comprobé que Albano y Vargas se habían esfumado. La calle estaba vacía y silenciosa, con sólo las luces azules del banco. Aquel silencio me dio seguridad, como una coraza, lo único que tenía que hacer era no romperlo, no moverme, ni respirar. Sentía el cosquilleo de la sangre sobre el párpado. Saqué el pañuelo y lo apreté contra la herida que tenía en la frente. Sentía los latidos de mi corazón.

¿Dónde se encontraba el estuche? Ninguno de mis brazos estaba pegado al cuerpo, aunque persistía la sensación del bulto bajo el brazo derecho.

Minutos después cruzaron otro par de coches sin detenerse. Uno de ellos me claxoneó carcajeándose. Me tomaban por un borrachín.

Tiré el pañuelo y gateé en dirección del banco, en zig-zag, estirando los brazos, tanteando, buscando el estuche. Lo hice durante diez minutos, pero no lo encontré. Se lo habían llevado. Era su botín. ¡La recaudación de tres noches! menos la paga de las chicas.

Logré encaramarme al coche y abrir el contacto. Pisé el embragué y empujé el cambio.

Trazando grandes eses, conduje hacia el hospital.

Unos cincuenta billetes.

Salía del coche, delante de la puerta de Urgencias, cuando me desmayé.

4

Eran las ocho, por la tarde, del día siguiente, viernes, y era a Curra a quien, por lo visto, le tocaba aquella noche no presentarse a trabajar. Precisamente en viernes. Tampoco había llamado, ni enviado un recado. Ninguna de las otras chicas sabía nada de ella.

Mala señal. Humm. Dos huecos en la barra. Y viernes. La tarde anterior se había quedado con la llave de la caja, pero me pareció que no había echado mano a los cambios. Teníamos un teléfono que funcionaba y al que podía llamar. ¿Dónde se habría metido?

Había sido un día febril. Por la mañana había flotado en un plasma tibio, carmesí. Devorando aspirinas; humedeciéndome la cabeza y las muñecas en el lavabo; debajo de las sábanas no había dejado de sudar. Oía timbres, gritos de socorro y voces. Veía zorros corriendo, serpientes arrastrándose bajo las piedras, alacranes, moscas zumbando. Hombres y mujeres hablaban a la vez sin que yo lograra comprender lo que decían.

Me habían remendado la herida en el hospital y colocado un vendaje más sólido en la cintura; me habían clavado una docena de agujas con antitetánica, antibióticos, antiheméticos y sueros varios. Tres tipos de bata blanca me había palmeado en el hombro, hay que cuidarse, recluta, ¡esto es la guerra!

De vez en cuando sucedía, las chicas se pasaban de copas en *La Paloma* o en el *Tú y Yo* y luego no encontraban el camino del trabajo. También ocurría, a veces, que se largaban sin despedirse, se evaporaban así, sin más, llegaban las siete y no aparecían por el *Bambú,* dejándome en la estacada. Normalmente se largaban de dos en dos, envalentonadas, dispuestas a comerse el mundo en la barra de un club con más estrellas, o a establecerse por su cuenta en la tapia de cualquier cuartel. Si eran dos me veía obligado a pedir ayuda a otros clubes, o a ponerme yo mismo a servir copas en la barra, ahuyentando a los clientes.

Dejé a Nélida al mando, cogí el coche y enfilé hacia San Justo, camino de la pensión de Curra. Si la causa de no aparecer por el *Bambú* era que había cambiado de planes con respecto a su futuro, le pediría explicaciones con el puño. Acababa de recordar que me debía veinte billetes.

La vieja que regentaba el cubil, antes de subir el volumen del televisor y desentenderse de mí, me dijo que Curra había salido puntual, sola, con el bolso, a las seis y media, camino del *Bambú*.

Hice el camino de vuelta a paso de tortuga, deteniéndome delante de los bares que encontraba, pensando que alguien podía haberla invitado a tomar una copa. Rodeé un par de veces el Hogar, con la mirada en los bancos de los jardines del Maestro Elio, pensando que podía estar haciéndole un número rápido a algún pensionista, pero eran casi las nueve y ya no se veía a nadie por allí, los viejos zombis estarían cenando.

Curra no tenía coche, así que, cuando nadie se ofrecía a llevarla, cogía un taxi hasta el *Bambú*. Quizás había decidido ir andando y se había caído en una cuneta. Eso le había sucedido una vez, iba muy cargada, la cuneta estaba llena de agua y la gilipollas casi se ahoga.

Teníamos media docena de clientes, cuatro perdonavidas y dos palurdos; las chicas se las arreglaban como podían. Me puse detrás de la barra y traté de encarrilar un poco aquello. Un par de minutos después:

—Cóbrate, pequeño.

Se trataba de uno de los perdonavidas, un tipo alto, con bigote mejicano, mientras me tendía un billete. El tipo no había pretendido ofenderme, lo sabía por el tono neutro que había empleado y porque su atención estaba ya fuera del club. Metí el billete en el bolsillo y saqué el cambio de la caja. Lo dejé sobre la barra.

—Estoy metido en una zanja hasta las rodillas, estamos renovando las tuberías del agua.

Cogió el cambio mirándome a los ojos, como si reparara en mí por primera vez.

—La vista me empieza a fallar.

—Que no te falle también el oído. Mi nombre es Novoa.

Los cuatro tipos gastaron algo de su mirada en mí y se largaron.

Transcurrió media hora sin que aparecieran nuevos clientes.

Dije a Nélida que tomara el relevo.

Cogí el coche y regresé a San Justo.

Curra era sólo una putilla barata, de las aficionadas a meter la mano en la caja, a tarifar whisky añejo como cerveza, o a registrar cinco copas por ocho; un par de veces me había visto obligado a retorcerle el brazo para sacarle la calderilla que escondía en el sostén o en los zapatos. Así y todo no me gustaba que desapareciera, sin decirme nada, dejándome en un aprieto.

Pasé primero por el *Samoa*. Nadie la había visto por allí, no sabían de ella. Era un buen club, situado en una zona céntrica, con moqueta, barra acolchada y chicas que te permitían recuperar la respiración antes de preguntarte qué ibas a tomar.

"Adiós. Me voy al club", le había dicho a la vieja arpía de la pensión, "al *Bambú*". Era lo que me extrañaba, porque en el club no había aparecido. ¿Se habría cruzado con el príncipe de sus sueños? Sí, en un caballo blanco. ¿Habría comenzado a pincharse como sus hermanas? Pues no me había enterado. ¡Virgen Santa! Quizás alguien le había ofrecido algo mejor que servir copas en el *Bambú*. ¿Para qué gastar unas monedas en llamar al camarada Novoa si ya he solucionado mi vida y que te den por culo? Esperaba que no le hubiera sucedido algo desagradable, un accidente o algo así.

La parada de taxis estaba vacía. Esperé cinco minutos, no apareció nadie.

El barrio chino de San Justo se llamaba San Ginés, era el nombre de una de las calles donde se abrían una docena de clubes baratos. Era un lugar de poca categoría, para ciudadanos sin coche, que ni siquiera llegaba a la altura del *Bambú*. Quizás Curra necesitaba dinero rápido y allí podía llenar la hucha en noche de viernes. No me había pedido un adelanto; ya me debía demasiado. De vez en cuando las chicas me pedían algo de dinero que yo, diligentemente, les restaba de su paga.

Entré en el *Beni*. Conocía al dueño.

Nos saludamos. Sacó un par de vasos y echó algo de whisky en ellos.

—Busco a Curra, la zamorana...

—Ya.

—¿Y?

—¿Se te ha largado? ¿a un tío como tú?

—A un tío como yo. Pasaron los buenos tiempos. ¿Tienes cartuchos del doble cero?

Beni era cazador, o se las daba de cazador.

Bebió un sorbo, dejó el vaso y apoyó los brazos en el mostrador, tenso y con la mirada alerta, atento al merodeo del tigre.

—¿Por qué no le escribes una carta, mejor?

—No son para ella. Es caza mayor.

Me miró.

—¿Cuántos?

5

Sábado.

Renovación de existencias: botellería, tabaco, detergentes, insecticidas, papel higiénico, botes de Calatrava Golden, Mahou, Voll Damm Especial, zumos varios...

En vez de entrar por Cruz Arrabal, a eso de las once, por la mañana, en Herrera, di un rodeo para tomar la circunvalación. Quería echar un vistazo a la panadería donde, según mis referencias, había trabajado Albano antes de ingresar en la Guardia Civil, era probable que allí conocieran su dirección actual. Se trataba de devolverles algo de lo que me habían dado. Sólo un poco. Y que él me devolviera a mí el dinero que me habían quitado. Llevaba la escopeta, cargada con los cartuchos de Beni, sobre la esterilla del coche, a mis pies.

Delante de la puerta corredera de la nave donde se encontraba la panificadora, estaba aparcada una furgoneta Citröen con la puerta posterior abierta. Dos tipos cargaban en ella cestos de pan.

—Busco a Albano —les dije sin bajarme del coche—. ¿Sabéis dónde vive?

—Ya no trabaja aquí —me informó uno de los tipos después de volver la mirada. Usaba gafas.

—¿Ah, no? ¿Dónde trabaja ahora?

Los dos fulanos desaparecieron en el interior de la panadería, sin responderme.

—¡Le busco para ofrecerle un buen empleo!

Reaparecieron portando un cesto de pan.

—¿Trabajo? —preguntó el gafas cayéndose casi al subir a la furgoneta.

—Sí.

—Entonces será mejor que no le encuentres.

La furgoneta se bamboleó con sus risas.

—¿Dónde has dicho? —le pregunté al gafas cuando apareció de nuevo.

—Déjale recado en Harley.

—¿Harley? ¿Eso qué es?

—... La tienda del Doctor. Déjale el recado allí.

—¿Dónde queda?

—Detrás del Instituto —contestó el que no llevaba gafas, dando un cabezazo enérgico al aire para que despejara.

—¿En San Justo?

Desaparecieron de nuevo dentro de la nave, sin responderme.

Compré una tira de cuatrocientas pelas al ciego de Trinidad, le di un billete de mil para que se cobrara y el tipo me dio la vuelta de un billete de quinientas; bueno, para ser más exactos, el tipo trató de darme sólo esa vuelta, pero no lo consiguió. Luego me acerqué al chiringuito de César para proponerle acercarnos al río el domingo. César tenía un pequeño disco-bar en un barrio discreto de Herrera. Hablamos de pesca. El lo hizo con desgana, dijo que no podía acompañarme porque su costilla no le dejaba salir de casa. Estaba casado con una presentadora de la televisión regional, una pájara que despedía el programa nocturno guiñando un ojo.

En la esquina de Delgado Chalbaud con Fontana, me encontré de nuevo con el grupo de sordomudos. Me siguieron con la mirada al cruzar junto a ellos, mostrándome esta vez los puños.

Peña estaba todavía en el almacén. Había cubierto las cajas de tabaco con una lona roída por los ratones. Un centenar de tambores de detergente, vacíos, bien repartidos, completaban el decorado.

—¿Todo bien?

—Bien.

Cargué en el maletero 20 cartones de Winston, otros 20 de Marlboro, 10 botellas de JB, 5 de Old Tower, 10 de Dyc Especial, 30 del corriente, 5 de Beefeater, otras 5 de Gordons, 10 de Larios, 2 cántaras de 16 litros de Dyc para mezclar y otras 3 de Larios. 215.000 en total. Le pagué con un talón.

En el camino de regreso a San Justo, en el cruce de El Morro, me encontré con los guardias. Cuando me indicaron que me situara en el arcén sentí todo el peso del maletero rebosante de contrabando y la escopeta cargada con postas a mis pies. Giré el volante.

Siempre me obligaban a detenerme. Si había caravana, era el dueño del *Bambú* el elegido para salir al arcén; si a las cuatro de la madrugada el dueño del *Bambú* era el único náufrago en la carretera, se despabilaban y, con la luz de las linternas, me indicaban el arcén. Pero sólo una vez me habían hecho abrir el maletero.

Fue el cabo, alias el *Conejo,* un extremeño, el que se acercó a mi ventanilla.

—¿Adónde vas? —me preguntó, con la mirada puesta en mi herida de la frente.

—A San Justo.

—¿Al trabajo?

Sabía muy bien a qué me dedicaba. Yo era ese tipo que regentaba un club barato, de chicas baratas, bebidas baratas y clientela sin afeitar. Ese era el problema. No había nada en la escala por debajo del *Bambú*, sólo, tal vez, beber directamente de la botella sentado en medio de la acera.

—Voy a una entrevista para un trabajo. Ya llego tarde.

—¿Sí? Pues enséñame toda tu documentación.

Saqué la cartera y le tendí el carnet. Lo ignoró.

—¿No eres tú el dueño del *Bambú*?

Vaya.

—Sí.

Apoyó la mano en el cristal de la ventanilla.

—¿Qué pasa? ¿ya te has cansado de servir copas?

—Es un nuevo trabajo. Una florería.

—¿Una florería?... ¿Coronas?

—Algo así.

Me clavó la mirada durante tres o cuatro segundos; luego palmeó el techo del coche ordenándome arrancar.

—Lo tendremos en cuenta.

Por supuesto, cuando su viuda apareciera por el negocio yo le haría una rebaja.

Dejé pasar un Volvo ranchera y me reintegré en la caravana.

No podía continuar así. Necesitaba hacerme respetar. Debía existir una forma de conseguirlo. No estaba seguro... Ante todo no debía bajar la guardia. Debía mantenerme firme... Para empezar podía dar una mano de cal a las paredes grises del *Bambú*... Podía poner un letrero sobre la puerta, un letrero de cañas de bambú de verdad, o de tubos de neón imitando bambú para que brillara en la noche. El camino hasta la carretera necesitaba un par de cargas de arena y garbancillo. Tenía que cambiar la estufa de leña por un par de catalíticas, en eso Doctor Temple tenía razón. Amenazaría a las chicas con el despido si no guardaban una distancia de doscientos metros con el club cuando se la pelaran a los clientes, pondría un letrero en el water para que Nélida se lo leyera a las demás. No, mejor, cambiaría de chicas, buscaría algo por encima en la escala, más limpias y sin huecos en la dentadura...

Lograría así convertirme en gerente de un club respetable, como debía serlo el del *Lido* en París. Llamaría a los camareros chasqueando los dedos, sin mirarlos; emplearía la barbilla para indicar las mesas; establecería una relación cómplice con los clientes, encajaría cínicamente las sillas en el trasero de las damas recordándoles los viejos buenos tiempos, y me deslizaría entre las mesas a la velocidad de la luz como sobre una pista de hielo.

Conseguiría así preferencia en los cruces, y el *Conejo* me saludaría militarmente. Me haría miembro del club Los Leones, directivo de un club de fútbol, amigo de los Amigos del Arte. Dejaría la caña para atender las invitaciones a ojeos y monterías; tendría en la cabecera de mi despacho un pez espada disecado, de dos metros. Me invitarían a fiestas familiares. Sería accionista y regalaría puros de la mañana a la noche.

6

Harley resultaba ser una tienda de discos de fachada polvorienta. Con un escaparate ocupado por el chasis de una Harley Davidson, al que estaban adheridas con celo, como si acabara de pasar por allí una riada, una docena de fundas de discos, abarquilladas y amarillentas.

No sonó ninguna campanilla cuando abrí la puerta, ningún anciano con gafas de pinza surgió de debajo del mostrador. Llevaba la escopeta al hombro y, en la mente, la idea de emplearla si era preciso.

No me encontré con ningún anciano, sino con una muchachita de unos quince años, de rostro moldeado con papillas de maicena, de labios rojos en forma de corazón y una cascada de tirabuzones castaños en la cabeza. Vestía una mini verde, muy ceñida, y blusa holgada, rosa, sin nada debajo. El resto de la tienda era tan polvoriento como el escaparate.

Chin-pon, chin-pon, una voz femenina en un disco que giraba en un plato se quejaba de que *él* se había largado demasiado pronto y demasiado lejos.

—Busco a Doctor Temple. Me han dicho que para por aquí.

La muchachita hizo un globo con el chicle que estaba masticando, lo explotó y luego negó con la cabeza. No le prestó atención a la escopeta que yo ahora llevaba, desmontada, bajo el brazo.

—¿Sabes dónde le puedo encontrar?

Se encogió de hombros. Eché un vistazo a los estantes, la mitad estaban vacíos.

—¿Cómo te llamas?

—... Luz.

—¿Es tuya esta tienda?

—... No.

—¿A un tal Albano, le conoces?

—... No.

—¿Y a Vargas?

—... No.

—Me deben dinero.

Explotó otro globo.

—¿Esta tienda es de Doctor Temple?

Se encogió de hombros.

—¿Cómo va el negocio?

Nuevo encogimiento de hombros.

Di un repaso a sus labios en forma de corazón, a su mini ceñida y a su camisa de organdí trasparente.

—Has olvidado ponerte la camiseta esta mañana.

No me respondió, no se ruborizó, no me miró, parecía la pregunta a la que sus órganos auditivos ya no reaccionaban.

Indiqué la funda de un disco.

—¿A Ana Torroja, la conoces?

Se volvió, cogió un disco de un estante y lo dejó sobre el pequeño mostrador.

—Seiscientas.

—No tengo tocadiscos.

Metió de nuevo el disco en el estante.

—¿Doctor Temple, vendrá hoy por aquí? Quiero enseñarle mi nueva escopeta.

Se encogió de hombros.

Me hubiera gustado saber cuántos clientes tendría aquella tienda al cabo del día.

Le hice a la chica un saludo de despedida y me dirigí hacia la puerta. Antes de llegar, ésta se abrió, para dar paso a una dama.

Bueno, una dama, como quieran, en realidad era una pájara de unos treinta y cinco o treinta y siete años, de poca estatura, de cuerpo menudo, con un rostro pequeño, apretado, sin maquillar y pelo oscuro, corto y liso. Recordaba a una de esas escurridizas legas de convento que desvalijan todas las tardes el cepillo de las limosnas.

Durante un instante me vi atravesado por su mirada aguda. No le pasó por alto la escopeta que yo llevaba bajo el brazo. Se detuvo, estudiándome, luego miró hacia la chica, al comprobar que ésta no estaba en el suelo sobre un charco de sangre, me dio otro repaso y continuó su camino.

Iba a salir de la tienda cuando me llegó su voz:

—¿Qué querías?

Me volví.

—¿Es usted la dueña?

Oh, me ignoró, dándome la espalda para dejar el bolso en el pequeño mostrador donde se encontraba la chica.

Me habló sin volverse:

—Es una tienda para menores de veinte años, hay un cartel en la puerta. Tú ya has pasado esa edad.

Yo no había visto ese cartel. Hundí mi mano libre en el bolsillo y me acerqué a ella.

—No he visto el cartel. He venido buscando a Doctor Temple, ¿sabes dónde lo puedo encontrar?

Se volvió. Lo primero que hizo fue mirar de nuevo la escopeta, luego mi rostro, estudiando si ambos encajaban. Lo hizo sin disimulo.

Me dio de nuevo la espalda para ponerse a recoger fundas de discos.

—Aquí no.

—¿No es éste su cuartel general?

Golpeó los cantos de los discos sobre el mostrador para alinearlos y dejarlos a continuación en un estante. Como no me contestó le hice otra pregunta:

—¿Y Albano, tiene una participación también?

—¿Alguno más?

—Me deben dinero. ¿Sabes dónde paran? ¿no es éste su cuartel general?

Continuó colocando discos, ignorando mis preguntas.

La chica sacó de debajo del mostrador un cartón de leche y un vaso. Llenó el vaso. Poco después una gota de leche fue absorbida por una servilleta a la altura de su pecho.

—Supongo que antes o después verás al Doctor —le dije a la mujer, encaminándome de nuevo hacia la puerta—. Dile que venga él en persona a lavar los vasos, aunque no creo que sea capaz de ganarse un sueldo, que traiga el dinero que me debe, el dinero que iba en el estuche del banco. ¡Todo!

—¿Adónde tiene que ir?

Aquello sí le había interesado. Pero continuaba dándome la espalda, fingiendo ordenar más discos.

—A lavar unos vasos.

—Eso ya lo he oído, pero no el lugar.

—Club *Bambú*.

—¿Y por quién tiene que preguntar?

—Por Novoa. Yo soy Novoa, ¿y tú?

—¿Sólo eso? ¿*Bambú* y Novoa?

—Un club que está cerca del río, a medio camino entre San Justo y Herrera.

—No lo conozco. ¿Qué clase de club es ése?

—Uno en el que llamaría la atención alguien con una raqueta.

—Ya, no eres jugador de tenis.

—No.

—No coincidimos.

—Por lo visto.

Consultó la hora.

—Es la salida del Instituto. Será mejor que te vayas, no quiero que espantes a los chicos.

—¿Cómo te llamas?

Tardó en responderme. Disponía ahora los discos en abanico sobre el mostrador de novedades. Al fin dijo:

—Mona.

Mona. Ah, Mona. Así que Mona. La Mona. Humm. ¿La Mona? Ya. Sí. No era la primera vez que oía aquel nombre, ahora lo recordaba. Sí. La Mona. Su voz había sonado normal, sin esfuerzo, aquel mote no era su punto débil. Resultaría difícil encontrarle puntos débiles a aquella cosita.

La chica no había abandonado su aire ausente, se estaba limpiando los labios con la servilleta. Sonaba otra canción en el plato. Se levantó, metió el vaso y el cartón de leche debajo del mostrador y luego descorrió una cortina de terciopelo rojo a su espalda que ocultaba una puerta; la abrió y desapareció cerrando tras ella.

Abrí la puerta de la calle.

—¿Sólo para menores?

—Aquí tú no puedes aprender nada que ya no sepas.

—No hablaba como cliente.

—Yo hablo como empresaria. Pon cara de cobrador de recibos y desaparece. Si otro día quieres comprar un disco, madruga.

—¿La Mona? ¿Algo que ver con el club *Señor*?

—... Algo.

De pronto me había acordado, mi interlocutora era la dueña, o la encargada, del club *Señor,* uno de los clubes con categoría de Herrera. La Mona. Vaya. Así que aquella cosa de unos cuarenta kilos, pelo liso y cara de macaco... Me vino la imagen del Doctor Temple revoloteando alrededor de ella... y quemándose las alas.

Eché otra mirada a las cortinas por donde había desaparecido la chica y luego tomé el camino de la calle.

Confundiéndome con la pared, fui en busca del coche.

7

Al día siguiente, por la tarde, a eso de las cinco, cuando me encontraba en el bar del hotel jugando a la veintiuna con el camarero, me pasaron un aviso. Me lo dio el estirado de recepción.

—Tiene un aviso.

—¿De quién?

—De la Guardia Civil. Le esperan en el cuartelillo.

—¿Para qué?

—Van a ponerte una medalla —intervino el camarero—, se comenta por ahí.

—¿Es en serio?

—Muy en serio.

Pensé en multas de tráfico sin pagar y en licencias de pesca caducadas, o quizás se habían hecho con la lista de clientes de Peña, o una posible denuncia de Sanidad por no tener los servicios del *Bambú* limpios, o por las quemaduras de colillas en el conglomerado de la barra...

Había dejado el coche en Rufino Cuervo, así que fui a por él. En la esquina de la calle de la Plata, vi un pequeño grupo de personas remoleando: por su gesticulación parecían sordomudos. Esta vez eran seis. Al verme, me clavaron la mirada y, a medida que me acercaba, se fueron desplegando. Cambié de rumbo y crucé la calzada. Con las llaves del coche ya en la mano, eché un vistazo por encima del hombro. Continuaban mirándome, pero ahora parecían impacientes para que yo no pasara por alto lo que me mostraban: ¡navajas! ¡navajas con hojas de más de un palmo! Abrí el coche, cogí de debajo del asiento la porra de piel de gato y la agité sobre mi cabeza para que la vieran bien. Luego me metí en el coche, arranqué y enfilé hacia el cuartelillo.

Allí se limitaron a hacerme esperar una hora. Lo hice sentado en un banco, en uno de los pasillos que arrancaban del hall de entrada. Me entretuve observando el desfile de personas que cruzaban delante de mí.

Al fin llegó mi turno. Me condujeron a uno de los despachos. El Sargento estaba sentado al otro lado de una mesa repleta de papeles. Tenía delante de él lo que debía ser la correspondencia de la tarde. Abría los sobres con una navajita de resortes.

—Una de tus chicas, una tal Mariquita —se dirigió a mí sin mirarme, desdoblando la cuartilla que acababa de sacar de un sobre—, ¿no tienes una que se llama así?

—Sí.

—... Está en Urgencias del hospital.

—¿Qué le ha pasado?

Levantó la mirada.

—... Nosotros nos hemos limitado a cambiarla de sitio.

No me gustaba. Si se hubiera tratado de un simple accidente, una caída, o un atropello, no me hubieran hecho ir hasta allí.

—Este recado podían habérmelo dejado en el hotel, no hacerme venir hasta aquí.

Me miró de nuevo, congelando su acción de abrir otro sobre.

—¿Qué, no estás de acuerdo?

Le di las buenas tardes y salí de allí.

La encontré en una camilla, en el pasillo de Urgencias, esperando cama, cubierta hasta el cuello con una manta. Una mujer pasaba una fregona debajo de la camilla. La habían golpeado, o se había caído, tenía un pómulo violáceo y un gran corte negruzco, cubierto de mercromina, le cruzaba la frente. Sus ojos estaban cerrados.

Dos pasmas parloteaban fumando —con un letrero de prohibido fumar en la pared, medio oculto por el humo de sus pitillos— junto a la camilla. Uno de ellos era el que me había interrogado en la clínica cuando mi percance con el sordomudo; el otro era un policía uniformado.

—¿Qué le ha pasado? —les pregunté.

Volvieron la mirada hacia mí.

—¿El jefe?

—Sí.

—¿Y no lo sabes tú?

—No.

La mirada del poli de paisano se deslizó sobre mi hombro.

—... Violación.

—¿Violación?

Joder. ¿Sería cierto? No, qué va, otro que no me tomaba en serio.

—... Dos tipos. En el baldío detrás de *La Paloma.*

Miré hacia Mariquita.

—Parece que ha habido algo más.

—La propina: quemaduras de colillas en los brazos y en el pecho... y un pequeño tratamiento de jarabe de palo.

Toqué el cuello a Mariquita con el dorso de la mano.

—¿Cómo te encuentras?

Mal. Abrió los párpados y me miró vidriosamente. Me pareció que seguía colocada, y eso que el asunto había sido en *La Paloma,* después de comer.

—¿Está siempre así? —me preguntó el poli de paisano.

—Ella es así.

—¿Qué pasa con *La Paloma*?

—Ella se saca un sobresueldo allí.

Era cierto, Mariquita se lo hacía a los pensionistas del Hogar que recalaban en *La Paloma,* se la pelaba en los jardines de Maestro Elio, sacando para pagarse las copas de la tarde antes de ir al *Bambú.*

Iba a preguntarle al pasma si se sabía algo de los dos tipos, cuando éste dijo:

—¿Dos tíos, *tesoro?* —le hacía la pregunta a Mariquita, rutinario, sólo medio vuelto hacia ella, enjabonando la voz—. ¿Machos? Dime, *preciosa,* ¿altos o bajos? ¿gordos o flacos?

Mariquita cerró los ojos. Le puse la mano en el hombro.

—Ya los cogeremos.

Los labios de Mariquita se movieron un poco.

—... Gran... de...

—¿Grande?

—... Al... to...

—¿Más alto que tú, *bonita?*

Mariquita no debía llegar al metro cincuenta.

—¿Por qué no esperamos a que se recupere?

El poli me miró, moviendo sólo los ojos.

—... Bo... tas...

—¿Botas? Ah, botas. ¿No se las quitó, *bombón?* Entonces mancharía las sábanas.

Para decir aquello el poli ni siquiera sonrió: él se encontraba por encima de su propia agudeza. Sus piropos eran como salivazos. El de uniforme dejó escapar una risa corta y estúpida.

Así que alto y grande, con botas que llamaban la atención. Los tipos altos y grandes con botas de artesanía no reparaban en mujeres como Mariquita.

Albano.

Eso no tenía sentido. ¿Violación? ¿Albano? Además ella le había visto antes en el *Bambú* y seguro que conocía su nombre.

—¿Cómo se llamaban? ¿te dieron su tarjeta, *pichón?*

Su tarjeta. Le clavé la mirada al poli. Primero la violaban y luego le daban el nombre y la dirección, ¿no era eso? Pasma. Seres como Mariquita sólo servían de piedra de afilar para su ingenio mellado.

—¿Jóvenes, *tesoro?*

—¡Ya está bien! —intervine.

El poli se sonrió sombriamente, sin prestarme atención.

Mariquita afirmó con la cabeza.

—¿Qué ocurrió? ¿no tenían dinero para pagarte?

—Eso sólo sería un descubierto, ¿no lo sabes? —intervine de nuevo, sin dejarme arrastrar a su terreno de sonrisas.

—¡Cierra la boca tú! —el poli mantuvo ahora su mirada dura sobre mí durante un par de segundos—. ¿Te pasaste en el precio, eh? ¿Cuál es tu tarifa? ¿Quinientas, *pichón?*

El policía de uniforme forzó una carcajada.

—¡Basta ya!

El poli se volvió de nuevo hacia mí.

—¡Cierra tú la boca o te la cierro yo!

Apoyé los puños en la camilla.

—Será mejor que la dejes en paz, ¿de acuerdo?

—¿Vas a impedírmelo tú?

Comenzó a rodear la camilla, hacia mí, con los dientes apretados.

—Sí, te lo voy a impedir yo, ¿y sabes por qué? —me encaré con él, con las manos en las caderas— porque yo no tengo nada que perder y tú sí. ¿Seguimos?

—... Yo... no... quería... —gorgoteó Mariquita.

El poli aprovechó aquellas palabras para detenerse y mirar a Mariquita, como si aquello le interesara mucho más que la pequeña trifulca conmigo.

—¿Cómo es eso? ¿No querías? ¿Era tu hora del bocadillo? Ya sabes lo que tienes que hacer: otra vez cobras por adelantado.

—No tenía nada en venta, ya te lo ha dicho. Déjala en paz.

—En venta o no, nosotros vamos a investigar sólo las lesiones.

El poli me clavó de nuevo la mirada para subrayar que se quedaba con la última palabra. El policía de uniforme había puesto también las manos en las caderas y miraba de reojo a su jefe. Este, sin quitarme la vista de encima, le habló con sorna:

—Ahora vamos a salir por ahí a detener a todos los tíos jóvenes y fuertes que encontremos —sonaba a evasiva, era sólo un bocazas—. Quinientas pelas son quinientas pelas. ¿Se lo hiciste a los dos, *miss Paloma*?

Apareció una auxiliar. Sin decir nada, ignorándonos, empujó la camilla mientras le hablaba a alguien situado al fondo del pasillo, a gritos. Los labios de Mariquita se movieron.

—¿Qué ha dicho? —levantó la voz el poli.

La auxiliar volvió la cabeza.

—No va contigo.

Los dos polis se quedaron contemplando alejarse la camilla, con la expresión vacía. El de paisano se volvió hacia mí.

—¿Así que tú el gran jefe?

—Quizás.

—¿Y cuál es tu teoría? ¿tienes una teoría? los tíos como tú siempre tienen una teoría —enarcó las cejas—. ¿No se quedaron contentos con lo que te dieron?

Se refería a los sordomudos, su cerebro trabajaba a cuarenta por hora.

—Quizás.

Albano y Vargas. Seguro.

El poli añadió:

—El que te pinchó está lejos, pero tiene amigos, y esa gente está muy unida.

—Seguro que sí.

—Seguro.

Necesitaron sonreírse para subrayar aquello; se balancearon sobre los talones manteniéndome a raya con una sonrisa irónica. Se indicaron la puerta de salida con la mirada y, desgarbados, enfilaron hacia allí.

Lo único grave de Mariquita era la mona. Coma etílico. Así que, a eso de las diez, pasé de nuevo por el hospital para llevarla a casa.

—¿Entonces fueron dos...? —la pregunté cuando nos detuvo el primer semáforo.

—... Chi... cos... —balbuceó.

—¿Chicos?

Eso era nuevo. ¿Chicos? ¿Por qué no lo había dicho antes?

—¿Qué chicos? ¿de qué edad?

—... Chi... cos...

Todavía llevaba la mona encima a pesar de la doble violación y de la cura. Apestaba. Me acordé que la noche pasada Mariquita llevaba a un par de chicos a la hora de cierre. Cierto. Los conocía de vista.

—¿Entonces no ha sido Albano? ¿sabes quién te digo? Alba-no, el músculos, el listo.

No contestó.

Tenía la cabeza apoyada en el respaldo, con los ojos cerrados, hacía un ruido extraño con la nariz, como si la estuvieran estrangulando.

—¿El ferretero? —le pregunté de nuevo.

Era uno de los chicos de la noche pasada, su padre tenía una ferretería en Herrera, era joven y fuerte, alto también.

No me contestó.

—¿Alto y fuerte... un cachas?

—... Hi... jo... de... pu... ta...

—¿Y el otro? ¿era un gitano? ¿era un gitano el otro?

—... Ca... bro... nes... —Se tocó los apósitos. Abrió los ojos—. ¡Y esta mierda!... ¿Qué mierda es ésta?... ¿Quién me ha puesto esta mierda?

—Y además no te pagaron.

Dejó caer de nuevo la cabeza sobre el asiento.

—¡Hi... jos... de... puta!

Solía suceder, en eso el poli tenía razón, debía cobrar siempre por adelantado.

—La próxima vez —le dije cuando nos detuvimos delante del portal de su pensión— antes de levantarles la voz, fíjate en su cara. Novoa es un experto en cobrar ese tipo de deudas, pero necesita saber a quien se las tiene que cobrar, ¿estamos?

8

Coloqué el cajón de la ceniza debajo de los tubos y los golpeé con el atizador. Luego encajé el codo y aplasté la ceniza con la paleta. Llevé el cajón, arrastrándolo con el pie para que no se me abriera la herida, hasta la escombrera.

Hice algunas astillas con el hacha pequeña, empleando sólo la mano derecha. Era leña de fresno, a siete pelas el kilo, verde, con menos nudos que la encina, fácil de partir siguiendo la veta, siempre que no la dejara secar demasiado. Trabajé despacio, no quería sudar para no verme obligado a regresar al hotel a ducharme; tenía también que cuidar la herida.

Eché un par de cerillas encendidas dentro de la estufa y abrí el tiro. Luego renové algunas botellas. Descolgué el teléfono y pegué el auricular a la oreja para ver si funcionaba, desde que me le habían puesto, hacía un par de meses, no había sonado una sola vez.

Mariquita había salido del *Bambú* con aquellos dos chicos, sí, ahora lo recordaba, ¿a qué hora? a eso de las dos, o un poco antes quizás, pero no la noche pasada, sino hacía un par de noches. Me acordaba muy bien. Seguramente les había hecho alguna jugada, como birlarles la pasta, o quedar con ellos en algún descampado y luego no acudir a la cita... Pero a primeras horas de la tarde, entre semana, esa clase de chicos está trabajando, a no ser que celebren algo especial...

Se oía un *rrr, rrr,* en un rincón, al fondo del bar, como una bola de acero rodando por el suelo. La dilatación hacía crujir las vigas del techo. El alquitrán se secaba, se abría y aparecían las goteras.

Bueno, el ferretero y su amigo rondarían los veinticinco. Albano y Vargas tenían más de treinta. El ferretero era fuerte, pero me pareció que nadie emplearía la palabra "grande" para describirlo, incluida Mariquita que no pesaría más de cincuenta kilos. Mariquita había cumplido ya los cuarenta.

Di un par de pasadas de cepillo a la puerta. No acababa de encajar, era debido a la humedad, o quizás resultaba que toda la nave, día a día, se desencuadraba un poco.

Físicamente aquel par de chicos no se parecían mucho a Albano y Vargas. En lo demás no les conocía lo suficiente. Quizás pertenecían al género de los que sacan dinero a su vieja tensando una media entre las manos.

Cuarenta minutos para las siete. Las chicas tardarían en aparecer todavía. Encendí las luces y conté los cambios de la caja. Dejé la llave en la puerta, cogí el coche y conduje hacia Herrera.

La ferretería donde trabajaba uno de los chicos, el más fuerte de los dos, estaba en Salcedo, uno de los barrios de Herrera.

Todavía no habían cerrado. Tenía idea de que era hijo, o sobrino, del dueño; ahora que me encontraba delante de la puerta no lograba recordarlo.

Cuando entré, el chico, al otro lado de uno de los mostradores, enfundado en un guardapolvos gris, le estaba enseñando tornillos de diverso calibre a un viejo. Su aire era aburrido.

Esperé a que terminara con el viejo, aunque había libres otro par de dependientes.

Cuando el chico reparó en mí, una fugaz expresión de alerta cruzó por su rostro. Aquello no significaba demasiado, seguramente me había reconocido y no le hacía feliz que le relacionaran con el *Bambú*.

En un tono excesivamente neutro me preguntó qué deseaba, yo le respondí que un cepillo de carpintero, metálico, calibre doce. Desapareció detrás de una estantería.

... Podía denunciarlo, también sacudirle un poco, explicar a la concurrencia qué clase de pájaro era, podía apagar colillas en sus orejas y en sus pelotas. Era lo que debía hacer por Mariquita, una de mis chicas, aunque el tropiezo lo hubiera sufrido en *La Paloma*.

Regresó con un par de cepillos, uno metálico y otro de madera. Advertí que sus dedos no tenían señales de nicotina. Elegí el metálico. Luego, abarcando el local con la mirada, le pregunté:

—¿De quién es esto?

—De mi padre —me respondió, apagado, mirando rápido sobre sus dos hombros.

No podía ser él.

—A una de mis chicas la han asaltado, dos tipos, ayer, a eso de las tres de la tarde. —Me miraba tranquilo—. Voy haciendo preguntas por ahí...

—No lo sabía.

Albano y Vargas, seguro.

—¿Me darás un toque si te enteras de algo?

—Sí.

Pagué en caja y me fui.

Vi la estufa. Al dejar la general para enfilar el camino de gravilla que conducía hasta el club. A la derecha, en la curva, tirada en el terraplén, sin la chapa y con los tubos alrededor convertidos en un amasijo.

Me detuve y bajé del coche. No había nadie por allí, no se veían ni faros ni pilotos en la carretera.

La estufa tenía el tiro arrancado pero conservaba el codo; no tenía la chapa y la mitad del cargamento de astillas y ceniza se encontraba desparramado por la cuneta. Los tubos estaban doblados, algunos dos o tres veces, inutilizados. Era una estufa vieja, de hierro fundido, de las que tienen el tiro en la parte de arriba con una tapa giratoria, sólo para leña; de segunda mano me había costado cuatro billetes, y me hacía un buen servicio.

Me metí de nuevo en el coche y conduje despacio hacia el club. Aparqué en el extremo más alejado de la explanada, junto al camino. Cogí la escopeta, la quité el seguro, salí con cautela del coche y me quedé mirando hacia la nave.

Las chicas, o quien hubiera andado por allí, habían dejado la puerta abierta y las luces apagadas. Advertí que mantenía la respiración, escuchando. No se oía nada. No había ningún coche aparcado. Si hubieran decidido esperarme no habrían arrojado la estufa a aquella cuneta, ni habrían dejado la puerta del club abierta. Ambas cosas servían para que a Novoa no se le pasara por alto que ellos habían estado allí. Me acerqué caminando, lentamente.

La puerta estaba arrancada de cuajo y la habían dejado allí mismo, en el suelo. La cerradura colgaba del marco. El interior estaba a oscuras. Recordé que tenía una linterna en el coche. Estaba indeciso si regresar a por ella cuando un camión cruzó en la carretera. Los faros iluminaron la fachada de la nave y la cortina de luz se deslizó al otro lado del hueco de la puerta. El camión pasó de largo y regresó la oscuridad. Entonces entré y pulsé la llave de la luz que estaba a la derecha.

No se les había ocurrido arrancar la instalación, ni romper las bombillas, ni llevárselas. El resto era un montón de escombros.

El mobiliario estaba convertido en astillas: banquetas, mesitas, taburetes... Habían arrancado el mostrador de cuajo y los pernos de sujeción estaban doblados. La botellería convertida en una alfombra de cristal; apestaba a azúcar y alcohol. La estantería metálica formaba un gran arabesco apoyada todavía en la pared. Una de las placas del techo mostraba un boquete, en su vertical, en el suelo, había una gran piedra. Hasta con el cajón de las astillas se habían ensañado.

La punta de mi zapato arrinconó unos cristales. Una ráfaga de aire acentuó el olor a alcohol y azúcar. Eso ayudó a que fluyeran de nuevo mis pensamientos. Apagué y encendí la luz un par de veces.

Levanté del suelo el frigorífico y lo empujé contra la pared, lo enchufé y el motor comenzó a ronronear. El artífice de aquella demolición no había tocado la instalación eléctrica, para no privarme de contemplar el espectáculo.

Cogí el coche y regresé al lugar donde se encontraba la estufa. Un par de tubos estaban al borde del camino, no se podía pasar por allí sin verlos. Los empujé con el pie haciéndolos rodar hasta el fondo de la cuneta.

Habían querido fijar mi atención en la estufa. Sin duda. Era una buena idea. Una rúbrica. Catalíticas. Para que no pasen frío los clientes. Un toque fino aquel. Eh, tío, ¡estudia!

Un par de faros aparecieron en la carretera. Era el Seat de Nélida.

Barrimos las astillas y los cristales y sacamos afuera las dos tragaperras convertidas en chatarra. Desmontamos lo que quedaba de la estantería y rescatamos media docena de botellas que se habían salvado de la devastación. Recogimos los trozos de uralita, fregamos el suelo, colocamos una cortina en el hueco de la puerta e improvisamos una barra con un par de tablones. Animamos los semblantes y nos pusimos a trabajar.

Los desperfectos no pasarían de las trescientas mil. Aprovecharía parte del mostrador y alguna de las banquetas y, por un par de días, podía pasarme sin frigorífico (de repente éste había dejado de funcionar, como si lo hubieran programado), traería el hielo de una estación de servicio...

El montaje del *Bambú* había devorado todos mis ahorros, un kilo en total. Y algo más. Había construido allí mi pequeño castillo, además de cerebro había puesto en él las manos, acarreando muebles, empalmando cables, dando martillazos, buscando chicas y gastando saliva en convencerlas. Había invertido en aquel garito lo que la vida me había enseñado, mis horas altas y bajas, mis lecturas de periódicos, conversaciones, reflexiones, mis amores y desamores... De ahí su nombre, *Bambú*: una empalizada que el hijo de puta depredador que había hecho aquello no había sabido respetar.

A eso de las nueve teníamos sólo dos clientes, dos camioneros, los llevaban Nélida y Lamia, y a Capitán Tan bebiendo una cerveza, gratis, en un rincón. Dije a las chicas que se arreglaran sin mí y salí a por el coche.

Tomé La Rosaleda para pasar por El Rodeo. Había visto un par de veces a Albano aparcado en la barra.

El fulano que estaba sirviendo, antes de que yo le diera las buenas tardes o le preguntara por Albano, estudiando mi rostro con recelo y pasando la bayeta por el mostrador, me dijo que "a ése que andas buscando" hacía tiempo que no paraba por allí, que probara en La Colorada. Era otro bar.

Al volante de nuevo, la reacción de aquel tipo me dio que pensar. Las noticias, al parecer, corrían deprisa, o quizás le bastaba a aquel fulano ver un rostro con mercromina —el mío mostraba todavía las marcas de la paliza delante del banco— para que a su mente acudiera la imagen del fisioculturista.

Había puesto en el suelo, a mis pies, junto a la escopeta, la porra de piel de gato. Era una buena porra, de unos cuarenta centímetros de largo y unos siete de grosor, forrada con cuero de gato, con mango de madera. Sólo la había empleado un par de veces, a la salida del *Bambú,* sobre el hombro de algún listo pendenciero. Pero de eso hacía tiempo ya, y aquella noche me apetecía emplearla de nuevo.

Albano tampoco se encontraba en La Colorada. Pedí una cerveza.

Había una docena de clientes, sentados a las mesas, jugando a las cartas, o en la barra. Las paredes del bar estaban empapeladas hasta el techo con fotos de fisioculturistas embadurnados en aceite. Uno de los clientes, un devorador de papillas que aparecía en casi todas las fotos, estaba apoyado en el hombro de un jugador de cartas contemplando la partida. En un par de fotos se le veía haciendo figuras con Albano.

Terminó una jugada, se produjo un pequeño revuelo en la mesa de jugadores y el devorador de papillas le dio un manotazo en la espalda a su amigo que casi le hace escupir los pulmones. Todo para decir que se iba.

Pagué, salí del bar y esperé al músculos dentro del coche.

Cuando el tipo apareció y cruzó a mi lado, bajé la ventanilla y le pregunté:

—¿Y Albano?

Se detuvo, mirándome. Luego se inclinó sobre la ventanilla para ver quién le había hablado.

—¿Qué Albano?

—¿A qué gimnasio vas?

Se irguió. Me estudió con la mente en blanco, su mente debía estar en blanco cuando pensaba. Echó la cabeza hacia atrás.

—¿Gimnasio? Yo me trabajo en casa, sólo en casa, ¿eh? ¿Por qué lo quieres saber, tú? —me apuntó con la barbilla—. ¿Te encuentras flojo tú, eh?

Se había puesto farruco. El gato bufó. Salí del coche empuñando los cuarenta centímetros de porra.

—¿En el cuarto de baño?

—¿Eh? —miró la porra y cerró los puños, no con demasiada fuerza, su musculatura desarrollada se lo impedía—. ¿Qué pasa contigo, pequeño, eh? ¿eh, pequeño?

—Nada, conmigo no pasa nada, sólo que hoy, por primera vez, me he comido toda la papilla y me encuentro en forma. ¿Y Albano?

—¿Eh? —pensó en lo que le había dicho, con el cerebro agarrotado como si también se lo trabajara con pesas—. ¡Tú, enano!

Me dio un manotazo en el pecho. Levanté la porra y se la planté, ¡zaaaaaass! en plena jeta.

¡Ooooojjjj! ¡la herida! ¡la puta herida! ¡se me había abierto! Noté el desgarrón al levantar el brazo, antes de aplicar el golpe, pero demasiado tarde ya para bajar la porra, así que el resto de la acción sólo sirvió para abrir toda la herida o quizás algo más. Además no estaba muy seguro de por qué le había sacudido a aquel tipo. Que ahora entraba de nuevo en el bar, doblado, tambaleándose, aullando, cubriéndose la jeta con las dos manos, creyendo que un enano con un gato quería hacerse dueño de la calle.

¡La puta herida! ¡Dios santo! ¡No me podía mover, allí, en medio de la acera, sintiendo el cosquilleo ardiente de la sangre alcanzándome la ingle!

Dos o tres transeúntes se quedaron mirándome. Algunos clientes salieron del bar para contemplar al loco. Durante unos segundos hice de estatua de piedra. Luego me apreté el costado con el brazo y, arrastrando los pies, logré meterme en el coche.

Arranqué a duras penas, inclinando el cuerpo para accionar el cambio. No era dolor, era fuego, como si se hubiera producido una deflagración en mi costado izquierdo. Una ola de calor intenso me invadía.

Conduje con la derecha, con el brazo izquierdo apretándome el costado, sufriendo las sacudidas de ir en primera... Me detuve en los semáforos... en los pasos de cebra... giré en las curvas a cámara lenta... lejos de las aceras para no atropellar a los viandantes... Aparcando en doble fila y alcanzando de nuevo, tambaleante... no besando el suelo gracias a una pared, la vieja puerta acristalada con el rótulo de Urgencias...

9

A la mañana siguiente, a eso de las doce, me dieron el alta en el hospital. Había pasado una noche tranquila, con una nueva costura y vendajes y una buena dosis de sedantes en las venas.

Cogí el coche y enfilé hacia el *Tropicana,* sin pasar por el *Bambú* ni el hotel. Quería pedirle a Fito unas botellas. Conocía a Fito desde hacía un par de años, él también bajaba al río, estaba medio ciego y sólo sentía la picada con el nylon entre los dedos. Me llenó un par de cajas y me golpeó en la espalda recomendándome descanso.

Cuando cruzaba por Ponzano recibí una sorpresa. Levanté el pie del acelerador. Acababa de divisar, en el cruce de la Caja Rural, delante del *Samba,* a Curra y al gitano Vargas, detenidos en medio de la acera. Mecánicamente mi pie izquierdo comprobó si la escopeta continuaba debajo del asiento.

Eché el freno y me quedé observándolos. Los brazos de Curra rodeaban el cuello del gitano, colgando casi de él, en actitud implorante; el tipo la miraba desde las alturas, sin sacar las manos de los bolsillos.

Eso era nuevo para mí. Así que la buena de Curra y el gitano Vargas. Vaya sorpresa. Una novedad, sí. Hummm. ¿Era ésa la razón de que ella hubiera dejado el *Bambú*? Hummm. ¿Idilio? No, no podía ser. Imposible. No hacían una gran pareja, ella le sacaba unos años, el gitano podía aspirar a algo mejor. Pensé en bajar del coche y convertir en papilla su bonita jeta, ¿y ahora qué, hijo de puta?... No, no con Curra como testigo, no iba a hacer el papel de aguafiestas. Ya tendría mi oportunidad.

Continué observándolos, con la escopeta bajo el pie. Se encontraban en medio de la acera, obligando a los transeúntes a dar un pequeño rodeo. Curra llevaba la iniciativa: se colgaba del cuello del gitano, le besaba en las mejillas, le revolvía el pelo... Vargas no le devolvía nada de aquello, como si la chica no acabara de encontrar el resorte que le hiciera sacar las manos de los bolsillos. Por fin Curra, empujándolo con el hombro y las caderas, logró meterlo en el *Samba*.

El fulano de las tragaperras se presentó, con su furgoneta Volks, a eso de la una. Al encontrarse con sus dos máquinas convertidas en un montón de chatarra, no dijo nada, se limitó a agacharse y a buscar las huchas entre los hierros retorcidos; las encontró vacías, yo había sacado ya toda la calderilla; luego regresó a por la furgoneta y aparcó delante de la puerta.

Si le echaba una mano lo más probable era que los puntos se me abrieran de nuevo, y que en el hospital se negaran a hacerme otra cura. Así y todo, empleando sólo la mano derecha, apretándome el costado izquierdo con el brazo, sin explicarle nada al tipo, le ayudé como pude a cargar la chatarra.

—Alguien se pasó un poco —le aclaré, refiriéndome a las máquinas, pensando que quizás pudiéramos unir nuestras fuerzas.

Eso era algo. Porque el tipo puso los brazos en jarras y se tocó el labio superior con la punta de la lengua, mirando hacia la chatarra.

—¿Quién?

—Un tal Albano. ¿Le conoces?

Negó con la cabeza.

—Es amigo de un tal Vargas, un gitano. Los dos.

—¿Por qué?

—Por lo de siempre.

Es decir, alguien al que no le ha gustado dejarse su último billete en las máquinas sin conseguir un premio grande.

—Ya.

—No me importaría saber dónde para...

Cabeceó afirmativamente; quitó las manos de las caderas, entró en la furgoneta, cerró la puerta y apoyó el brazo en la ventanilla.

—¿El gitano también?

—Fue él quien empezó.

—Casi todos los gitanos se llaman Vargas —conectó el arranque—. Conozco uno...

—Será él.

—... Se le ve por Chozas.

Ese era uno de los barrios de Herrera. Después de hacer la maniobra detuvo la furgoneta y, mirando hacia el club, me dijo:

—¿Ese techo, es de uralita?

—Sí.

—Yo pondría algo mejor, no harás mucho negocio si tienes goteras. Cuando lo renueves te traeré dos máquinas nuevas.

Metió la marcha y se largó.

10

De los tres barrios de Herrera, Chozas era el más alejado y el más pequeño, se encontraba al otro lado de Las Herencias, es decir, había que cruzar, dando saltos si ibas a pie, el entramado de vías al norte de la estación, o por el paso subterráneo, prolongación de Otero Rubio, si ibas en coche, y jugártela luego por un camino asfaltado pero totalmente carcomido.

Curra y el gitano Vargas. Vaya, ¿y desde cuándo? Ella no me había dicho nada, aunque tampoco estaba obligada a decírmelo. Las otras chicas tampoco debían saberlo sino ya me lo habrían comentado.

Faltaban unos minutos para las cinco. Iba en busca del gitano para que me lo explicara personalmente.

Me interné en el barrio, a treinta por hora, buscando los rótulos de las esquinas sin ninguna razón especial. Soporté las miradas recelosas de las mujeres de unas chabolas tendiendo la colada.

Eran sólo cuatro casas, así que, cuando le pregunté por Vargas a un anciano con sombrero de fieltro, su dedo barnizado me indicó hacia las afueras del barrio, hacia una alambrada que parecía dar al depósito de un cementerio de coches.

Dejé el Renault junto a un algarrobo, o una morera, y me acerqué a pie. En un primer impulso había cogido la escopeta, pero la dejé de nuevo debajo del asiento, con la idea de que si la necesitaba volvería a por ella.

Era, efectivamente, un cementerio de coches, pero más amplio de lo que a primera vista parecía, con una nave rectangular enfrente de la entrada, bien encalada, con luciérnagas a las que no les faltaba un sólo cristal. Allí bien podía tener su cuartel general Doctor Temple, parecía el lugar apropiado.

—Busco a Vargas.

—"Señor" Vargas —me corrigió, sosteniéndome la mirada.

Había entrado en la nave rectangular. En el extremo más cercano a la puerta de un mostrador de casi veinte metros de largo, detrás de una pulcra mesa acerada, vacía de papeles, me había encontrado, con los brazos cruzados sobre el pecho y la mirada ausente, con la que debía ser la secretaria del negocio.

Parecía un poco fuera de lugar allí, con las elevadas estanterías metálicas a su espalda, atiborradas de piezas de coches etiquetadas. Podía calcularle unos cincuenta años; con un cuerpo ajamonado, una peluca caoba y un rostro pintarrajeado, de rasgos severos. Vestía una floreada blusa y cargaba unos kilos de bisutería dorada.

—Señor Vargas, el gitano.

Su aplomo no recibió ninguna mella.

—¿De parte de quién, señor?

—Novoa.

Se levantó y desapareció por una puerta.

Le gritaría, sin dejarle reaccionar, "¿a ti qué te pasa, gitano hijo de puta?" para hacerle probar a continuación un buen guiso de muelas. Sería suficiente. Si alguno de los otros estaba con él regresaría tranquilamente a por la escopeta.

—Pase usted —me invitó la dama, cuando reapareció en la puerta.

Entré en lo que parecía ser una especie de despacho. Una habitación de unos veinte metros cuadrados, con una ventana enrejada que daba sobre los coches apilados.

—Es a otro Vargas a quien yo ando buscando —dije fastidiado, nada más ver al fulano junto a la ventana con la mirada vuelta hacia mí.

Aquel tipo era también gitano, pero no se trataba del joven Vargas. El que ahora tenía delante era maduro y me sacaría la cabeza. Era más fuerte que grueso, con un rostro de cafre, de cejas como cepillos para fregar el suelo. Se encontraba de pie, junto a la ventana, con un pitillo prisionero entre los dedos de su manopla enorme, a la altura de sus labios, como si mi aparición hubiera interrumpido el trabajo de hormigonera de su cerebro.

El mobiliario era de madera, desvencijado y carcomido, con mucho desorden de papeles y cachivaches diversos.

Adiviné que me encontraba ante el padre del Vargas camorrista. Podía sacudirle también, aunque fuera un viejo.

—Soy Novoa. Y busco a tu hijo. ¿Dónde se mete?

Bajó lentamente la mano con el pitillo.

—¿Para qué?

—Para molerle a palos.

Volvió a subir la mano, lentamente, dando una calada, mientras sus ojos me estudiaban sin entusiasmo.

—¿Qué le ha hecho?

—Unas cuantas cosas. Entre otras atracó mi club y lo destrozó. ¿Suficiente?

Se oyó en el exterior el motor de un coche, también la silla de la secretaria separándose de la mesa. La mano del gitano descendió de nuevo lentamente, mientras los rasgos de su rostro perdían firmeza, como si mis palabras fueran una fina aguja que hubiera perforado su piel.

—¿Qué club es ése, amigo?

—*Bambú* —me acerqué a él—. ¿Dónde está tu hijo?

El tipo dejó flotar su mirada. Pero no debido a mi respuesta, sino a que otros pensamientos parecían atraer ahora su atención. Se separó de la ventana y cruzó sonámbulo a mi lado para acercarse a la puerta entreabierta. Pegó el ojo a la ranura para mirar al otro lado. Pero su campo visual no debía ser muy bueno porque se inclinó un poco y movió la puerta con la punta de los dedos para hacer más grande la ranura. Permaneció allí de vigía durante un buen rato, hasta que por fin se volvió de nuevo hacia mí. Su mirada había perdido toda su energía.

—También violó y pegó a una de mis chicas —le dije, bastante desarbolado— ¿Dónde está?

Pero su mente, sin duda, estaba absorbida ahora por otros pensamientos. De pronto sus ojos tropezaron conmigo.

—A las mujeres no se las debe tocar, amigo —sentenció.

Vaya.

—Claro que no. ¿Y qué hay del resto?

No hubo respuesta. Yo, estaba seguro ahora, ocupaba sólo una pequeña parte de su atención, muy pequeña. Me dio la espalda de nuevo, acercándose a la ventana, y me habló, mirando hacia el exterior:

—Eso se arregla, si ha sido él. No me gusta la violencia, amigo. Son cosas de chicos.

¡Cosas de chicos! Joder. ¡El joven Vargas había cumplido ya los treinta!

—¿Qué le vas a decir? ¿que vuelva a casa a las diez?

Me miró.

—*Mi mujer* le llamará, amigo. No se apure.

Ya. Así que su mujer. Ahora comprendía. Ella no era su secretaria. Ni era gitana. Tampoco una Hermana de la Caridad. Oímos arrancar de nuevo el coche. Vargas se pegó sin disimulo a la ventana, inclinando la jeta hasta tocar el borde de la pared, para ampliar su campo visual.

—Voy a hablar personalmente con él —dije—. Creí que le encontraría aquí. ¿Por dónde para?

Permaneció en silencio, mirando hacia el exterior. Al fin dijo:

—Nada de violencias, amigo, no me gusta la violencia. *Mi mujer* y yo llevamos un negocio, lo mejor es no complicar las cosas.

—¿Dónde le puedo encontrar?

—Quédese tranquilo.

—No sé si lo lograré.

Su mirada flotaba. Sus pensamientos le debían abrasar.

No tenía nada más que hacer allí. Yo ya no existía para aquel hombre. Su mundo de cada día eran los sonidos que llegaban de la habitación de al lado; su mundo real era lo que veía a través de la ranura de una puerta.

Así que cuando me despedí de él ni siquiera me miró.

La mujer se acababa de sentar detrás de la mesa.

—¿El joven Vargas, sabe dónde para?

—Aquí no —me contestó, sin interrumpir su acción de abrir un estuche de maquillaje.

Me detuve antes de salir, le pregunté por encima del hombro:

—¿Hace mucho que están casados?

Había sacado del estuche un espejo con mango y se estudiaba en él sosteniéndolo delante del rostro.

—¿Olvidamos invitarle a la boda?

—¿Me perdí mucho?

Retiró el espejo unos centímetros, dejando llegar hasta mí su mirada.

—No demasiado.

11

Me dirigía en busca del coche cuando me crucé con un gitano maduro, de bigotes como quebradizos carámbanos, con sombrero de fieltro de cinta negra; le seguía un chucho de lanas grises que con agua y jabón seguramente se convertiría en un pekinés algodonoso.

—¿A Vargas, el chico, lo has visto por ahí? —le pregunté.

—Cogiendo fuerzas, maestro —me contestó, indicándome con el dedo un bar con el rótulo Carmona, al final de la calle.

Fui al coche, añadí la piel de gato al arsenal de mis puños y me encaminé hacia allí.

Cuando entré en el bar me encontré con el joven Vargas en compañía de otro tipo —un payo larguirucho—. Estaban en la barra. Vargas miraba hacia la puerta, muy tieso, sosteniendo un botellín de cerveza en la mano. Había otra media docena de clientes, sentados a las mesas. Al verme, el joven Vargas dejó el botellín sobre el mostrador sin apartar sus ojos de mí, metió las manos en los bolsillos y las volvió a sacar.

La porra azotó el aire delante de su jeta, sin alcanzarlo. Había fallado. El tipo, el cabrón, evitó el golpe como un bailarín, sin levantar las manos, retrocediendo la distancia justa. Levanté la porra de nuevo. Entonces, el cabrón, abrió una puerta a su espalda y echó a correr.

Era un patio, no demasiado grande, con pilas de cajas con botellas, tablones y otros cachivaches. La tapia tendría unos tres metros de altura. Así que el joven Vargas no llegaría muy lejos. Por eso no me precipité. El gitano se detuvo, girando para hacerme frente, con la tapia a su espalda y una pila de cajas de cerveza a su derecha.

El segundo golpe le alcanzó al joven Vargas en medio de la espalda, perpendicular a la espina dorsal, justo cuando pretendía, el muy cabrón —al parecer había cambiado de idea— zafarse de mí encaramándose a la tapia, empleando una pila de cajas como escalera. Cayó de rodillas, estirando los brazos para aferrarse a las cajas, tratando, a la vez, de no darme la espalda, retorciéndose como una lombriz.

Junto a las cajas había cuatro barriles de cerveza, también apilados. Así que sólo necesité cambiar la porra de mano, encaramarme a las cajas y empujar la pila de barriles para que los dos de la parte superior, llenos, se desplomaran sobre los brazos estirados del joven Vargas.

Sonó como una rama de higuera tronchándose. Se oyó un alarido, mientras el joven Vargas estiraba el cuerpo como si quisiera alejar de él la planta de los pies, con la boca abierta, en una especie de espasmo o bloqueo muscular, los ojos estrábicos, convulso, descerebrado.

Así y todo, el joven Vargas logró levantar la parte superior del brazo izquierdo con la idea de aferrarse —imposible— a una de las cajas, sin comprender que eso nunca lo conseguiría con el brazo doblado, doblado no en el codo, sino en el centro del radio.

Le golpeé en el hombro, media docena de veces, ciego, hasta que bajó la parte del brazo que todavía tenía levantada. El joven Vargas, de rodillas, con la cabeza hacia adelante, se ahogaba con los sollozos que pugnaban por salir de su pecho.

Sentí la pequeña hoguera en mi costado. Me palpé con la izquierda pero no me pareció que hubiera sangre. Así que, sin más, sosteniendo la porra con la derecha y el brazo izquierdo colgando muerto, me abrí paso a través de un grupo de espectadores tan atónitos como indecisos, apiñados junto a la puerta que comunicaba con el bar.

¡La pernera empapada! ¡Dios santo! ¡Sangre! ¡Se me había abierto la herida! ¡En el peor momento! ¡Humedad en el muslo! ¡en la rodilla también! ¡y me faltaba valor para mirar hacia abajo! ¡no podía calcular cuanta sangre había perdido!

Algo me golpeó en la nuca, nada más alcanzar la calle, sin demasiada fuerza, sólo de refilón, un puño tal vez. Aceleré el paso en busca del coche, ignorando a mi atacante. Oí gritos y una voz de mujer, destacando sobre las demás, animando a que me sacudieran. Busqué una pared, di media vuelta y levanté la porra.

De momento sólo eran cuatro. El resto, quince o veinte, ocupaban un segundo término y se dedicaban a gritar y a manotear en mi dirección, como arpías. Los cuatro que me hacían frente eran jóvenes y robustos y el más bajo me sacaría la cabeza. Lo peor era que ninguno de los cuatro malgastaba sus fuerzas en gritar.

Primero emplearon las piernas, lanzándome patadas, atacando y retrocediendo, tomándoselo con calma. Hice un molinete, pero sin fuerza, temeroso de que la porra se me escapara de la mano. Tenía el coche a sólo diez metros pero estaba seguro de que no me permitirían llegar hasta él.

Tres o cuatro tipos sacaban al joven Vargas del bar. Me pareció ver el rostro del gitano cubierto de sangre, aunque yo no recordaba haberle sacudido en la cara. Una furgoneta hacia una maniobra para introducirlo en ella.

Descargué la porra contra el fulano que tenía más cerca, sin alcanzarlo. Eso me hizo girar sobre un pie y besar el suelo.

Recibí una lluvia de patadas... La porra había saltado al fin de mi mano y seguramente habría reptado hasta alguna alcantarilla. Los golpes no me permitían incorporarme. Rodé hasta encontrar la pared y me hice una bola cubriéndome la cabeza con los brazos. Sólo podía esperar a que mis agresores se cansaran, o que algún cerebro alumbrara otra idea que no fuera la de patearme.

Fue lo que sucedió.

—¡Vamos!

Me llegó remota, desde muy alto. Como la Voz de Dios.

Sonó más cansada que autoritaria, pero firme, destacando claramente sobre las demás, la clase de orden que se da, no para detener una acción, sino para atemperarla. Era una voz de hombre.

Los golpes cesaron de inmediato. Oí voces crispadas, acercándose y alejándose, de protesta, o dirigidas contra mí, pero en un radio cada vez mayor. Oí suelas de zapatos rozando el pavimento como si se estuviera produciendo un forcejeo. Luego silencio. Y de nuevo el sonido de voces, esta vez más duras y entrecortadas, pero con un leve andamiaje ahora de argumentación.

Alguien me cogió del brazo, tirando de mi para que me incorporara.

—¿Cómo va eso?

Logré ponerme a cuatro patas, con los ojos sólo entreabiertos. Mis oídos captaban un zumbido intenso con un fondo de voces. Levanté la cabeza y abrí los ojos del todo.

Lo primero que vi fue que yo, o el lugar donde me encontraba, era el destinatario de un muestrario de expresiones coléricas, de manoteos y de movimientos de avance y retroceso. Reconocí a dos de los tipos que me habían pateado, ahora habían perdido el protagonismo formando parte del grupo.

El papel principal lo acaparaba un sujeto de aire aplomado que me contemplaba como si el resto de los presentes no existieran. No abría la boca, no gesticulaba, no miraba a nadie, como esperando pacientemente que la escena por sí sola alcanzara su final.

Yo no sabía si podría sostenerme en pie, a duras penas lograba mantenerme de rodillas, sentía vértigo pero no quería alargar el brazo temeroso de no encontrar la pared, tampoco quería que mis atacantes advirtieran que estaba a punto de besar el suelo de nuevo. Tenía insensible la pierna izquierda.

—¿Es ése su coche?

Le miré de nuevo. Entonces le estudié.

Tendría unos cincuenta años. Su pelambrera era oscura, y su mirada indiferente, en un rostro vulgar en el que sólo cabía la desesperanza o el vacío. Era fuerte y me sacaría la cabeza. Vestía cazadora azul de cremallera, con camisa blanca y corbata azul corriente. Todo era corriente en él.

—Sí.

—Yo conduciré. Será mejor que nos vayamos.

—¿Adónde?

—Lejos de aquí.

—¿A comisaría?

¡Vibraciones! ¡aquel tipo era poli! ¡un poli! ¡un poli salvándome la vida! De ahí, en una situación tan tensa, su aplomo, el de alguien que se siente protegido. Tono levemente desdeñoso también... vestuario barato... calcetines blancos... mocasines de dos mil pelas...

Cualquier cosa menos quedarme allí. Así que me incorporé. Luego me concentré en el movimiento lento de mi brazo derecho, metí la mano en el bolsillo y las llaves del Renault fueron a parar a las manos del poli.

La turba había dejado de gritar, pero ahora todos hablaban a la vez, exponiendo sus ideas sobre la Justicia, la Democracia y el Abuso de Poder. Ideas que podían germinar y mi poli y yo vernos en dificultades.

El tipo me cogió del brazo —en la otra mano llevaba mi porra, la había rescatado también—, más para demostrar que me encontraba bajo su protección que para ayudarme a mantenerme en pie, y me abrió la puerta del coche. Luego lo rodeó y se sentó al volante. Media docena de monos aulladores se situaron delante de nosotros para impedirnos el paso, algunos con los brazos en cruz dispuestos al martirio. Un centenar de puños aporrearon la carrocería. El poli los ignoró, arrancó y se abrió paso como si en una noche invernal la calle estuviera despejada.

Conducía despacio, por Fontana, sin sobrepasar los sesenta, y sin abrir la boca.

Cuando nos detuvo un semáforo, en Loza Marín, me ofreció tabaco. Lo rechacé con un leve gesto. El sacó un pitillo y bajó la ventanilla.

—¿Cómo va eso?

Regular. No me sentía nada bien. El costado izquierdo, el brazo, la pierna y el pie, me abrasaban, desde el tobillo hasta el hombro. Probablemente había atrapado una jodida infección. Un montón de bacilos se estarían ensañando conmigo, devorándome. Se haría necesario cortar con sierra. ¡Miembro todavía en forma al contenedor de basuras! ¡cojo y manco para toda la vida!

—Estás empapado. ¿Te han pinchado?

—... No es de ahora.

El tipo giró en Rivera Serna. Íbamos a sesenta, aunque el tráfico escaso nos hubiera permitido ir a noventa o cien; no parecía tener prisa, como si hubiera calculado que la sangre que me quedaba me permitiría llegar sobradamente a Urgencias.

—Le rompiste los dos brazos, ¿no es demasiado?

—... ¿Los dos?

Cojones.

—¿Qué te había hecho?

Volví la cabeza con dificultad hacia la derecha. Ahora nos encontrábamos en La Cruz, a la altura de Posadas.

—... Violó a una de mis chicas.

Se limitó a girar el volante para entrar por Virgen del Río, sin comentar nada. A la altura de Torres giramos de nuevo, a la derecha. ¿Dónde coños íbamos?

—¿Qué hacías tú en el cementerio de coches? —le pregunté.

Tardó unos segundos en contestarme, buscando, seguramente, una buena respuesta para mí.

—Trabajo allí —dijo, sin una entonación especial, irónica o de cualquier otra clase.

—¿En el cementerio de coches?

—Sí.

Vaya. Otra sorpresa. ¿En el cementerio de coches, al servicio de Vargas padre? Eso era lo último que hubiera imaginado. Que el gitano empleara a nadie en su negocio. ¡A un policía! O quizás estaba equivocado, puede que aquel tipo no fuera poli... Le miré.

Nos mantuvimos en silencio hasta Cedena, donde abrió la boca de nuevo.

—¿Te llamas...?

—... Novoa. ¿Y tú?

Tardó un par de segundos en responder.

—Rico.

Nos dirigíamos directamente a la Residencia, ahora lo advertía, ignorando un par de clínicas donde podían haberme hecho una cura.

Nos detuvimos delante de la puerta de Urgencias.

—Dejaré el coche en el aparcamiento, las llaves en la esterilla.

—Gracias.

Bajé del coche, crucé la acera y empujé la puerta de cristal con la punta del zapato.

12

Recompuesto el mostrador por los carpinteros, lo levantamos a pulso con ayuda de las chicas y lo encajamos dentro de los pernos. Lo habíamos lijado, barnizado y frotado con trapos empapados en nogalina. Ahora parecía nuevo.

La estufa, con su tapa, encontrada en uno de los vertederos, con el tiro enderezado y un nuevo juego de tubos, estaba lista para ser encendida. El cajón de las astillas rebosaba.

La botellería había sido repuesta. Había comprado seis botellas de Old Tower añejo de contrabando para invitar a los clientes habituales. Vasos, copas, platitos para los aperitivos, ceniceros y resto de la vajilla también había sido repuesto. Teníamos dos tragaperras último modelo, con más de cien variantes para sacar un premio. La puerta estaba de nuevo dentro de sus goznes, con cerradura nueva, y bien cepillada para que no rozara en el suelo. Gracias a las dos bombillas halógenas de 100, las mejillas de las chicas presentaban mejor color y menos sombras, como si, por una vez, barruntaran que no todo eran oscuros nubarrones en el horizonte de su vida.

Escondí el Renault en la parte de atrás y coloqué delante unas cajas para que quedara bien camuflado. Luego cargué la escopeta con los cartuchos de Beni, eché el seguro y la dejé sobre el fregadero, al alcance de la mano. Hice una almohada con una chaqueta vieja, cogí una manta y me tumbé sobre el mostrador, esperando dormir, si me lo permitían las goteras, los ratones y el crujido de las paredes.

No tardaría en llegar a sus oídos los arreglos que había hecho en el club, era la clase de asunto que se comenta en los corrillos de desocupados. El chico del *Bambú* ha comprado vajilla nueva, ¡tubos galvanizados para la estufa! ¡toda la botellería repuesta! No, esta vez no dejaremos ningún cabo suelto. Curra tal vez se lo había dicho, era amiga de ellos, ¿no? ¡de Vargas! ¡eh! ahora me acordaba. ¿Dónde coños se habría metido? Bien, si aparecían por allí estaba dispuesto a emplear la escopeta.

La estufa, con la carga que le había metido, y el tiro casi cerrado, podía resistir tres o cuatro horas. El frío me despertaría a eso de las cinco, entonces echaría una nueva carga.

La luz anaranjada se escapaba por la rendija del tiro. De vez en cuando la leña crepitaba. El tipo aquel me había vendido leña verde por seca, lo notaba al partirla, el fresno seco no se corta tan fácil. El *Bambú* parecía un pequeño y lánguido infierno, y yo allí, en el centro, como un jodido náufrago muerto de frío.

Serían las tres cuando me dormí.

Martes y miércoles. Habían transcurrido dos días desde el nuevo remiendo de mi herida. El martes, a última hora, había tenido un poco de fiebre, pero, a la mañana siguiente, no quedaba ni rastro de ella. Así que Novoa de nuevo se encontraba en forma.

A eso de las nueve y media, la noche del jueves, teníamos seis clientes. Cuatro eran palurdos de Panizo que se dejaban un poco de dinero en el *Bambú* de vez en cuando. Los otros eran dos chicos que habían decidido probar sus fuerzas en un bar de alterne.

La puerta se abrió apareciendo Rico.

Vestía la cazadora azul de hacía un par de días, pero ahora llevaba la cremallera subida hasta el cuello. Su pelambrera estaba bien peinada, aunque su rostro necesitaba un afeitado. Su mano izquierda se hundía en el bolsillo de la cazadora. Le dio un repaso somero al local desde la puerta, con expresión de pingüino. Luego, sin dar muestras de haberme reconocido, se acercó a la barra.

—Un JB —dijo, sin mirar a Nélida que se había deslizado hasta él, mientras encendía un pitillo.

Volvió la cabeza hacia los otros clientes, estudiándolos.

—¿Encontraste las llaves? —me preguntó, todavía sin mirarme.

—Sí —le respondí.

Nélida le sirvió la copa. Rico cogió el vaso y bebió un sorbo.

—¿En forma?

—¿Echamos una carrera?

Sonrió.

—¿Me invitas, cariño? —le preguntó Nélida, colocando un vaso sobre la barra.

Rico echó el humo, ignorando a Nélida.

—¡Que si me invitas, cariño! —repitió Nélida en tono de furcia, apoyando las manos en el borde del mostrador.

Era el método de mis chicas para sacarle una copa al cliente: retorcerle el brazo. Rico la miró.

—No.

—¡Gilipollas!

Nélida se alejó hacia el otro extremo de la barra. Me acerqué a Rico.

—"Más tarde", o "de momento prefiero estar solo", es lo que nos gusta oír aquí.

Rico me miró con interés.

—¿Te trataron bien?

—Muy bien.

Dio una calada, dejando deslizar la mirada sobre mi hombro.

—¿Por qué le rompiste los brazos al chico?

Podía haberme mirado para preguntarme aquello. Tampoco era el tono que hubiera empleado un poli en un interrogatorio, era el de alguien con interés personal en el asunto. A lo mejor, después de todo, aquel fulano sí trabajaba para el viejo Vargas.

—Ya te lo dije, ¿o no? ¿se me olvidó decírtelo? Pequeñas diferencias.

—¿Qué les haces cuando las diferencias son grandes?

—Consulto el horario de trenes.

—¿Los arrojas a las vías?

—Algo así.

Entró un cliente. Era un habitual, cliente del *Bambú* sólo cuando estaba colocado. Un señorito de melena gris que vestía un abrigo de lana marrón. El tipo apenas se mantenía en pie. Yo esperaba que no se cayera sobre la estufa. Hice una seña a Lamia para que le pusiera de beber.

—¿Conoces a un tal Doctor Temple? —me preguntó de pronto Rico.

Ese sí era el tono de un policía en un interrogatorio. El parloteo social había terminado.

—De él estábamos hablando.

Pensó mi respuesta, con la mirada todavía flotando.

—Es el jefe —añadí.

Cogió el vaso, medio vuelto hacia la barra, prestándome ahora sólo el cincuenta por ciento de su atención.

El señorito de abrigo de lana, en el otro extremo de la barra, trató de encaramarse a una banqueta y aterrizó en el suelo. Los palurdos le cogieron por los sobacos y le colocaron sobre la banqueta. El tipo farfulló una invitación. Hice una seña a Lamia para que llenara las copas.

—¿Y a la Mona?

El poli me había preguntado algo.

—¿La Mona qué?

—¿La conoces?

Le indiqué a Lamia con la barbilla donde estaba la caja de Old Tawer, era lo que había pedido el señorito.

—Poco.

La Mona. Ese era el nombre de la mujer de la tienda de discos, la dueña del *Señor*. Era un mote. Otro mote. ¿Estaría investigando el poli? ¿qué? ¿a qué coño venía entonces aquello de que trabajaba para Vargas? No parecía un interrogatorio oficial.

—¿Y Vargas? ¿sigues con él? —le pregunté.

—Sí.

—¿Qué tipo de trabajo haces para él? ¿le buscas coches usados?

Me miró.

—Algo así.

No parecía interesado en el tema.

Lamia me mostró un billete grande. Me dirigí a la caja.

¿Qué le ocurría a aquel fulano? Era un poli, aunque todavía no se había identificado. Seguro que era poli. Y la gente de

Chozas lo sabía si no no nos hubieran dejado ir tan fácilmente. ¿Un poli creyendo que yo le iba a proporcionar información a cambio de un favor? Yo ni siquiera sabía demasiado del asunto.

Le di a Lamia el cambio y metí el billete grande en el bolsillo.

—Doctor Temple suele venir por aquí, quizás lo haga esta noche. Tenemos negocios juntos —le dije, cuando de nuevo estuve delante de él.

Me escuchó sin interés, tampoco comentó nada.

Doctor Temple y la Mona. Ellos sí tenían negocios juntos, como la tienda de discos. Negocios brumosos, si no el poli no se iría dejando caer por los bares haciendo preguntas.

—¿Algún recado para él?

Lamia me volvió a llamar. Fui donde ella. Le había dado mal el cambio.

Cuando regresé, el poli se había largado. Había un par de monedas de veinte duros junto a su vaso. Se oyó maniobrar un coche en el aparcamiento y alejarse hacia el cruce.

Eché las dos monedas en la caja, cogí el vaso vacío y lo coloqué en el fregadero.

13

Continuábamos con un hueco libre en la barra.

Así que, por la tarde, al día siguiente, a eso de las ocho, conduciendo a cuarenta por hora por las calles todavía animadas de Herrera, cavilé dónde podría encontrar algo a la medida del *Bambú*.

Era la clase de tarea en la que intervenía la suerte. A veces te tirabas un mes buscando, llamando a puertas, preguntando, o colgando anuncios en los quioscos, y no encontrabas una chica que valiera ni para limpiar los ceniceros; otras veces, cuando menos lo esperabas, la puerta del club se abría y aparecía la mujer de tus sueños, con una maleta en la mano y sosteniendo con palillos una frágil expresión de respetabilidad.

Aparqué enfrente de *La Gata*. Era un club tirado pero tranquilo, un veterano al que las polillas devoraban poco a poco.

Una chica se apoyaba en el quicio de la puerta. Me habló sin mirarme:

—¿Follas?

—¿Cuánto?

—...Un billete.

—No.

Entré. Había sólo un par de clientes. Y tres chicas. Basilio, el dueño, hablaba con la chica libre.

Le pregunté qué estaban celebrando que todavía no habían cerrado.

—Tu visita. ¿Qué tomas?

Su conversación no alcanzaba más allá de ofrecerte una copa, pero, si te descuidabas, te birlaba hasta el código postal.

—Nada.

La chica que estaba con él era mora. Tenía un cuerpo menudo y un rostro bonito, sin marcas de viruela.

—¿Cómo te llamas? —le pregunté.

—Ziya.

—¿Te vienes conmigo?

La chica me miró con expresión vacía, luego se volvió hacia Basilio. Yo, siempre que podía, contrataba extranjeras para el *Bambú,* moras preferentemente, de ojos misteriosos, rescatadas de cualquier oasis, y mejor si no tenían papeles. Basilio sonreía inseguro.

—Soy el dueño del *Bambú* —le aclaré a la chica—, unos puntos mejor que esto.

—¡Eeeeeh! —intervino Basilio, apagado y sin mirarme, y sin abandonar su sonrisa comemierdas.

—¿Qué?

—... Ella está bien aquí.

—Me gustaría oírselo decir a ella. ¿Sabes hablar?

La chica parecía dudosa, seguramente deseaba dejar *La Gata.* Se separó de la barra y retrocedió hasta el estante de las botellas. No estaba mal, sólo la piel algo amarillenta. Durante un par de semanas pondría de moda el *Bambú.* Me encaré con Basilio.

—Me debes algo.

Acababa de recordar que dos o tres veces le había enviado algún primo amante del naipe. Doctor Temple era uno de ellos.

—Vale más que eso.

—Vale mucho más —le sonreí a Ziya—: ¿Vamos?

—Cien billetes... —fueron las palabras que se deslizaron entre los labios casi cerrados de Basilio el Comemierdas, en un último intento para no quedarse sin nada.

—Es la cantidad que yo había pensado.

—... Yo... trabajo... aquí... —barboteó Ziya.

—Termina tu trabajo. Coge un taxi y vente para allá. Te gustará.

A eso de las diez, la puerta del *Bambú* se abrió para dar paso a la dueña del club *Señor,* la mujer de la tienda de discos, la Mona. Llevaba puesto un abrigo negro, de lana, bien cinchado.

Me buscó con la mirada, antes de aparcar en un taburete delante de mí.

Aquella visita era toda una sorpresa, como había sido la de Rico, porque debía suponer que la dama no había entrado en el *Bambú* sólo para apagar la sed. Mi club se había convertido, de un día para otro, en una especia de encrucijada.

Teníamos media docena de clientes, del género inquieto. Había puesto la porra sobre el escurrevasos.

—¿Negocios o sólo curioseando? —le pregunté a la Mona, cruzando los brazos sobre el pecho.

Miró a lo largo de la barra, con los labios sellados y un par de arrugas en la curva de la barbilla. Continuaba sin maquillarse.

—Las dos cosas.

—¿Qué bebes?

Me pidió una tónica.

Tenía un rostro pequeño, apretado, de macaco, sin belleza, aunque cargado de energía, con aquel jodido pelo liso y corto que resultaba casi provocador.

Le serví una tónica en vaso limpio y abrí una cerveza para mí. Le ofrecí la cajetilla. La rechazó.

—He oído que tienes un puesto libre en la barra —dijo.

—Puede... ¿Y?

—Quizás yo te lo pueda arreglar.

Así que era a lo que había venido, a resolver un compromiso. Entonces estaba al corriente de la desaparición de Curra, y no era yo quien se lo había dicho. Quizás conocía a Basilio, o al dueño del *Vénus,* o al del *Samoa,* claro, les conocía a todos.

—Lo tendré en cuenta, aunque ya he encontrado lo que necesito, mañana estaremos al completo.

Echó otro vistazo al local sobre su hombro. Las chicas la habían reconocido y no dejaban de lanzar miradas furtivas hacia ella, algo agarrotadas en sus movimientos.

—No es mal sitio éste... —comentó, sin asomo de sorna en el tono—. Tú y yo podemos hacer algo juntos.

Eso sonaba a propuesta. Oh, una propuesta. Primero una ayuda desinteresada al amigo Novoa y luego una propuesta. Hacer algo juntos, algún tipo de negocio. Su primera tentativa había fallado, así que había que probar otra cosa porque lo que quería de mí era algo importante. Hacer algo juntos. ¿A qué se refería? El *Señor* estaba a años luz por encima del *Bambú*. ¿Entonces? Pero, pensé, el tono que había empleado había sido desmayado, llenando sólo un vacío en la conversación.

—De acuerdo. ¿Qué clase de negocio?

Me miró a los ojos, sin responderme.

Rico.

Rico. Se trataba de Rico. Ahora caía en la cuenta. Rico. De eso me quería hablar, dando un pequeño rodeo, sin ir directamente al grano. El poli me había preguntado por ella en un tono especial, ¿no? la conocía, así que ahora ella quería preguntarme por él en ese mismo tono. Nada de negocios con Novoa.

—Mejorar esto un poco, para empezar...

—Vale. Eso también lo he pensado yo. ¿Por dónde empezamos?

Pretendió captar en mis palabras el tono irónico que yo había tratado de evitar: sonrió abiertamente encogiéndose de hombros. Luego volvió la mirada de nuevo hacia las chicas.

Fui al otro extremo de la barra a abrirle a Lamia una botella. Cuando regresé le dije:

—No me desvelo por las noches contemplando mi nombre en un letrero de neón, ni siquiera me veo pisando una moqueta, pero no me importaría ponerme de nuevo un cuello de pajarita para ir a trabajar.

—¿Viejos tiempos?

—¿Qué tienes que ofrecerme?

Me miró valorándome, considerando seriamente la posibilidad de hacer negocios conmigo.

—¿Trabajarías para mí?

—No,

Su rostro estaba a sólo un par de palmos del mío, pero sus ojos miraban mucho más allá, detrás de la estantería y de la pared.

—Te lo compro —me dijo.

—¿El qué?

—Todo esto.

—¿Quién te ha dicho que está en venta?

—Nadie. Sólo pienso que se le puede sacar más partido... Continuaría habiendo un puesto para ti. ¿Por qué no le pones un precio?

Humm. Me pareció que ahora hablaba en serio. Quizás yo estaba equivocado, quizás sólo había venido allí para hablar de negocios. Incluso me acosaba. ¿Por qué? Humm. Sí, ¡hablaba jodidamente en serio! ¡Comprarme el *Bambú*! Como Doctor Temple. ¡Eso era! Doctor Temple también quería comprarme el *Bambú*. ¡Había bofetadas por mi club! Mis ideas estaban algo confusas. Aquellas cuatro paredes tenían un atractivo que yo no acababa de ver. Una nave de material barato, un solar junto al río, entre escombreras, cargado de humedad. ¿Entonces? ... Pasaría una noche en vela, allí, en la oscuridad, a ver si encontraba una respuesta.

—¿Continuaría siendo un club?

—Claro. Pero dándole otra orientación. Otras chicas, otros clientes...

—¿De qué tipo?

—De los que se ponen corbata.

—Demasiado barro de ahí afuera.

—Eso se puede arreglar.

Miró hacia una de las goteras del techo pero no comentó nada.

—Tenía otros planes, así que lo tendré que pensar.

—Claro, piénsalo. Pásate por el *Señor* cuando tengas una respuesta.

La puerta se acababa de abrir para dar paso el repartidor de Cruz Blanca con un par de cajas. Yo no recordaba haber hecho ningún pedido. Y menos urgente. Le indiqué que no con la cabeza.

—Alguien lo ha hecho —me contestó de mala gana. Dejó caer las cajas y sacó del bolsillo el albarán—. Veinte cajas de Calatrava Golden, ¡urgente!

—¿Quién?

El tipo consultó de nuevo el albarán.

—Doctor... Temple, pone aquí.

Miré a la Mona. Esta permanecía indiferente, ignorando la presencia del repartidor.

—¿Tienes algo que ver con esto? —le pregunté.

—No.

—¿De veras?

Me echó una mirada más distante que dura. Se deslizó de la

banqueta, tomó el camino de la puerta y desapareció. No había tocado la tónica.

Tampoco había preguntado por Rico.

Le dije al distribuidor que yo no había hecho ningún pedido, que se largara con sus cajas.

14

A eso de las once, a la mañana siguiente, cogí el coche y me dirigí a Herrera.

Tenía algunos asuntos que resolver: advertir a los distribuidores que no admitieran pedidos que no hubiera efectuado yo personalmente; pasar por *La Gata* y averiguar la dirección de Ziya para saber por qué no se había presentado en el *Bambú*; ir al banco; comprar lotería; llamar a los dueños de la nave para hablar de la renovación del contrato; cortarme el pelo... Y, mientras me movía de aquí para allá, pensar en el futuro: ofertas varias de compra del *Bambú*.

Cuando me dirigía en busca del coche, al salir del banco, ya en Herrera, al mirar a mi izquierda para cruzar la calzada, descubrí a los sordomudos. ¡Ellos de nuevo! Estaban apostados en una esquina, formando un grupo compacto, amenazador. Hay que joderse. Eran seis... no, siete. ¿Cómo cojones se enterarían de los lugares donde yo iba a ir? Cuando estaba abriendo el coche, se desplegaron, mostrándome sus manos armadas con navajas... no, no todo eran navajas, ¡también empuñaban bates de béisbol! Subí al coche, giré en medio de la calle para pasar junto a ellos, a veinte por hora, les hice un corte de mangas y me alejé pitando.

Enfilé hacia la peluquería pero cambié de rumbo, me dirigí hacia el barrio Chozas.

Quería hacerle al viejo Vargas un par de preguntas sobre el poli, necesitaba saber si era verdad lo que éste me había dicho, que trabajaba para él. En todo aquel embrollo parecía el hilo tenue que ensartaba las cuentas. ¡Un poli!

Dejé el coche en la entrada del barrio y caminé dando un rodeo.

No necesitaba llegar a la puerta principal, y prefería coger al viejo Vargas por sorpresa, así que pensaba entrar forzando la alambrada roñosa en la parte de atrás suelta en casi todos los postes.

Un poco de orín se depositó en mi pernera, me agaché y pasé por debajo de la alambrada.

Un par de fulanos, dos quinquis, y la costilla de Vargas se encontraban cerca de la puerta principal. El viento trajo hasta mí algunas de sus palabras: los quinquis querían comprar un coche barato, o vender uno caro.

Entré en la nave sin que me vieran. El aire movió la hoja en la máquina de escribir que ahora ocupaba el centro de la mesa acerada. Junto a una carpeta de archivo había un botellín Mahou y un vaso vacío. La puerta que comunicaba con el despacho de Vargas estaba abierta.

Vargas padre se encontraba sentado en su sillón de anea, junto a la ventana, con el sombrero de fieltro calado y una colilla de puro chupeteada a punto de escaparse entre sus dedos. Miraba abstraído a través de la ventana, hacia la puerta principal del cementerio de coches.

—No he encontrado ninguna puerta cerrada —le dije.

Volvió la cabeza. En un primer golpe de vista no pareció reconocerme, ni siquiera verme, como si mi voz hubiera sido sólo uno de sus pensamientos materializado por un instante.

Enseguida inclinó su corpachón para levantarse, mientras la colilla de puro se escurría entre sus dedos.

—¡Ca... brón! —surgió de su boca en un estertor de asmático.

—Eso lo serás tú.

Por si acaso. Tensé un poco los brazos y preparé las piernas pensando que quizás me viera forzado a hacer alguna especie de finta.

Pero el viejo desistió del ataque, desplomando de nuevo su cuerpo grande en el sillón; el aire salía de sus pulmones como si los tuviera taponados con chatarra; su rostro moreno se había congestionado. Apoyó las manos en los brazos del sillón, amenazándome con incorporarse de nuevo.

—Tranquilo —le dije—. Lo único que hice fue defenderme, tu hijo me tenía acorralado. He venido a hablar.

—¡Hijo... de puta! ... ¡Cabrón!

—Tú también.

Con mucha dificultad logró levantarse de nuevo. Me situé entonces detrás de la mesa, mientras mi vista catalogaba una estufa eléctrica que podía servirme de arma defensiva.

Su rostro era un balón púrpura. Se había levantado pero no había dado un sólo paso en mi dirección. El aire se agitó en la habitación azotado por su dedo índice.

—... ¡Te voy... a denunciar... hijo de puta! ¡Denunciar...!

—Ahí tienes el teléfono. ¿Por qué no llamas a la policía? Igual me he ganado unos años de chirona, ¿qué te parece?

—¡Luisa! ... ¡Luisa! —gorgoteó hacia la puerta.

—No está. Está muy entretenida con un par de tipos ahí afuera. Pero tú mismo puedes marcar el número, o yo puedo hacerlo por ti. Siéntate en tu sillón.

Descolgué el auricular y puse el dedo en el cero.

—Cero... Sólo he venido a hablar.

—... ¿Qué quiere? —soltó en otro estertor.

—Nueve... Todavía no lo sé muy bien, estoy buscando algo —marqué de nuevo—. Uno... Rico. Para empezar podemos hablar de Rico.

Me miraba. Su pecho subía y bajaba como un viejo fuelle.

Al otro lado descolgaron.

—Información. Dígame.

—Quiero denunciar al dueño de un club, le rompió los dos brazos a un gitano. ¿Qué condena le corresponde? ... ... ¿Cuánto? ... ¡Cuatro años! ¡Hostias! ¡¡¿Por cada brazo?!! ¡¡Cojones!!

Me quedé escuchando la señal electrónica durante unos segundos y luego enterré el auricular en la horquilla.

Vargas ni siquiera había escuchado mi pequeña interpretación.

—Ese tal Rico, el fulano que me salvó la vida ahí afuera, me dijo que trabajaba aquí. ¿Es cierto eso?

La respiración angustiada del viejo fue cediendo. Metió torpemente la mano en el bolsillo de la chaqueta y sacó un pequeño spray, se lo enchufó en la boca y apretó un botón, pero el spray debía estar vacío porque no inyectó ningún gas salvador.

Lo agitó, lo enchufó en la boca de nuevo y apretó el botón, pero el spray estaba vacío.

—¿No tiene un repuesto por ahí?

Guardó el spray en el bolsillo.

—... Es un empleado.

Así que empleado. Entonces no me había mentido.

—¿Un poli? ¿Sabes que ese fulano es poli? ¿Lo sabías?

Se apoyó en el respaldo del sillón, algo encorvado, con el aire buscando la salida angustiada de sus pulmones.

—... Tiene derecho a ganarse... un poco de dinero extra...

—¿Y cómo se lo gana? ¿es vigilante o algo así?

—... Vete.

—Me gustaría saber dónde está el truco. Sé que vendes algunos coches robados, no gran cosa, los traen aquí los chicos de los pueblos. ¿Qué haces con ellos? ¿los facturas? ¿adónde? ¿en dónde interviene ese Rico?

—Vete... Ocúpate... de tus asuntos.

—Mis asuntos son cualquier cosa donde pueda sacar un duro. Estos son ahora mis asuntos, coches robados. Puedo descolgar el teléfono y marcar de verdad el cero noventa y uno. Quiero saber a qué se dedica ese Rico, pura curiosidad. El tipo también parece estar interesado en mí.

—... Saca un poco de dinero extra.

—Eso ya lo he oído. Pero cómo.

—... Tú ya lo sabes.

—¿Está en el negocio?

—... Es... vigilante.

—¿Vigilante? Vamos, no me tomes el pelo. ¿Vigilante de un cementerio de coches? ¿Qué vigila? ¿esa chatarra?

—... Es la forma... de ganar un poco... de dinero.

—¿Por qué?

Yo había endurecido el tono, pero era igual. El viejo me miraba fijamente, ¿me veía? Parecía estar contemplando su interior, viendo como se inflaba sin control un gran globo rojo. Sus palabras avanzaban a duras penas, acaparando el protagonismo el esfuerzo para hacerlo, y no su significado. Estuve seguro de que no iba a sacar mucho más de él.

La habitación estaba casi en penumbra, la masa de nubes se había hecho más densa.

Vi, a través de la ventana, a la mujer acercándose, sola. Oí arrancar un coche.

—Siento lo de tu hijo. No pude evitarlo. La situación era o él o yo.

Oí a la mujer entrando en la estancia contigua. El viejo también estaba escuchando. Se oyó el sonido de la silla separándose de la mesa y luego acercándose. Entonces el viejo se dejó caer en el sillón, ya tranquilo.

—Así que sólo un sobresueldo. Pues no me lo creo, seguro que hay algo más. Pero de momento me conformaré con esa respuesta, no te veo en muy buena forma hoy.

Permanecí durante unos segundos mirándolo, con las manos en las caderas, pero yo ya no existía para él, su mirada estaba de nuevo perdida a través de la ventana, contemplando el vacío. Rodeé la mesa y, sin despedirme, salí del despacho.

Crucé delante de la mesa donde estaba sentada la mujer.

—¿Y Doctor Temple, continúa teniendo por aquí su cuartel general?

—No sé quién es.

Parecía demasiado segura de sí como para mentirme.

Comí en la barra del Tánger. Luego conduje hasta el río.

Bajaba demasiada agua, y turbia, por arriba no debía parar de llover, y allí no tardaría en hacerlo; los peces, en esas circunstancias, se escondían debajo de la vegetación del fondo, echando de menos al tipo del sombrerito, ése que hace circo sobre las piedras.

Era bonito ver pasar tanta agua, le daba un toque de fuerza y humanidad al río.

Era pronto, poco más de las seis. Cogí el coche y conduje de regreso a Herrera.

Crucé por Delgado Chalbaud, Castro y Jerónimo Ingavi. Entré en Vilamar y aparqué enfrente del club *Señor*.

Ocupaba éste los bajos de un edificio de ladrillo de sólo dos plantas. Tenía sobre la puerta —que parecía de roble, sobria y maciza— una chapa de tono platino con un rótulo pequeño en elegante redondilla.

Todavía no había clientes. Sólo un par de chicas al otro lado de la barra (al verlas, el *Bambú* se convirtió en mi cerebro en una gran costra supurante) y un tipo estirado, de smoking, en un extremo. Le conocía, se llamaba Luque, había estado de encargado en el *Tú y Yo*. Me acerqué a él.

—¿Qué hay? —le dije—. ¿La jefa, anda por ahí?

Me estudió durante unos segundos, moviendo sólo los ojos, sin responder a mi saludo. Luego negó suavemente con la cabeza.

—¿Y el jefe, Doctor Temple? ¿le has visto?

No me constaba que el quinqui jugador tuviera participación en aquel club, pero quién sabe, respecto a clubes había mucho chalaneo últimamente. El tipo me estudió durante otros diez o doce segundos.

—No sé quién es —quitó las manos de la espalda—. ¿Qué toma, señor?

Mentía. Todo el mundo conocía a Doctor Temple.

—Nada.

—¿Qué desea entonces, señor?

—He venido a hacer una oferta por este club, personal incluido.

Las dos camareras deslizaron al fin en mi dirección sus miradas de terciopelo, porque mi comentario no les había sonado a broma, nadie gastaba esa clase de bromas al amigo Luque.

—¿Se lo envolvemos? —me preguntó éste.

Iba a responderle algo cuando una cabeza apareció entre las cortinas que había en el otro extremo de la barra: era Curra. Se disponía a salir pero, al verme, ahogó una exclamación y desapareció de nuevo.

Durante un instante me quedé en blanco, ya me había olvidado de ella. La había dado por perdida y mi máquina de buscar una nueva chica estaba en marcha.

¿Qué hacía la buena de Curra allí? Iba muy maquillada y llevaba puesta una elegante blusa azul con lentejuelas. No encajaba con aquello, en clubes como el *Señor* no servían copas chicas como Curra: demasiados años, escasos dientes y ningún estilo.

—¿Es Curra, verdad? —le pregunté a Luque.

—¿Quién?

—¿Quién la ha recomendado para trabajar aquí?

Me acordé de que la había visto tonteando con el joven Vargas. Y éste era uno de los compinches de Doctor Temple. Pero Curra no daba la talla para servir copas en el *Señor,* con Vargas o sin Vargas.

—¿Quién trabaja aquí? —me preguntó Luque a su vez, respondiendo de nuevo a mi pregunta con otra pregunta como era habitual en su oficio.

De pronto Curra salió de detrás de las cortinas, ahora muy decidida, y se situó en el otro extremo de la barra, como si no me hubiera visto. Su expresión era enfurruñada.

Sí, llevaba puesta una blusa azul con lentejuelas, transparente, sin nada debajo, y una minifalda blanca tableada que apenas le tapaba las bragas, si es que llevaba bragas. Esa era la idea de Curra de ponerse a la altura de un club elegante. Las otras dos chicas, a su lado, eran sólo novicias contemplando llover. ¿Qué coños pintaba ella en aquella barra?

De pronto vino hacia mí, hecha una furia.

—¿A ti qué te pasa, jodiamierda, eh? ¿te pasa algo a ti? ¡Me ha traído aquí quien me tenía que traer, gilipollas! ¡No un gilipollas como tú! ¡Enano! ¡Un hombre, no una jodiamierda como tú!

—¿Doctor Temple?

—¡Vete a tomar por culo! ¡con esa mierda de bar que tienes! ¡Métetelo por el culo! ¡Cabrón!

—Me debes veinte billetes y una llave. Y podías haber dicho adiós.

—¡Sí, de ti! ¡Te debo mierda! ¡para eso he estado dando el callo para ti! ¡Pon tú el culo!

Entraron dos clientes. Luque le hizo una seña a Curra para que se largara. Esta obedeció al instante, desapareciendo de nuevo detrás de las cortinas. Luque se inclinó hacia mí.

—Te ha llamado jodiamierda, ¿lo has oído?

—Oigo muy bien.

—Perfecto. Escucha entonces: este es un club privado, sólo para socios. Así que, ¡desaparece!

—Quiero hacerme socio. ¿Dónde está la ventanilla?

—No has pasado el examen. ¡Fuera!

—Probaré otro día. Díle a la jefa que he venido. Mi mensaje es que no me gusta que se lleve a mis chicas, acaba de hacer pedacitos nuestro contrato.

—¿Tan largo?

—Suprime la parte que quieras.

Di media vuelta y salí de allí

—¿Y tu maleta?

Había pasado por *La Gata*. La pregunta se la había hecho a Ziya que estaba lavando vasos, no había aparecido por el *Bambú* como habíamos quedado.

Basilio tenía los codos sobre la barra, con las manos entrelazadas y la barbilla apoyada en los nudillos.

—¿No te olvidas de algo?

Se refería a los cien billetes. Le hablé, mirándole sólo de soslayo:

—Yo olvido muchas cosas, hermano, como todo el mundo. Pero también sé lo que es quedar en paz. Tú no, tú no sabes qué es eso. Pero lo sabrás cuando yo salga de aquí con Ziya, sabrás lo que es sentirse orgulloso de no deber nada a nadie. Considéralo como otro favor —cogí a la chica del brazo—. Vamos.

Basilio sólo era fachada, y él sabía muy bien que yo lo sabía. Así Novoa ganaría unos puntos delante de Ziya y de las otras chicas. El mamón se limitó a separar un par de centímetros la barbilla de los dedos, para apoyarla de nuevo y sacar un poco los labios, en un papel de tío frío que sabe esperar su oportunidad. Dentro de seis o siete lustros me devolvería la jugada.

Ya en el coche le pregunté a Ziya:

—¿Tienes papeles?

—... Me los va a sacar un amigo... —tartamudeó.

No tenía papeles y yo lo prefería así, si alguna vez los conseguía la echaría a la calle.

—No te preocupes. Yo sé dar una oportunidad a quien se la merece.

Me dijo que teníamos que pasar por su casa. Giré el volante y di media vuelta.

Vivía en una pensión barata. Me llevó a su cuarto y comenzó a cambiarse. Ya en pelotas me dijo:

—¿Quieres probar?

Nunca lo hacia con las chicas. Sólo quería con ellas una relación laboral.

—No es necesario. Sólo deseo contigo una relación laboral, de amigos.

15

Al día siguiente, por la tarde, a eso de las cinco, me tumbé en la cama sobre la colcha y me quedé dormido. Eso por hacer cola para cobrar un reintegro de lotería, lo que me había valido comer una hora más tarde de lo habitual. Y un par de copas en El Rodeo, con César. Así que eran las siete cuando me desperté. Media hora después me presentaba en el club.

Las chicas se habían encargado de abrir. No sabía de donde cojones habían sacado la llave. Capitán Tan estaba apilando una caja de botellas, sólo medio llena. Sonreía.

—Todo en orden, jefe —se anticipó a anunciarme con cara de currante—. Tranquilo.

—¿Quién te ha contratado?

Dejó la caja.

—Puedo echar una mano cuando tú no estés, jefe.

—Cuando yo no esté tú no pisas aquí, ¿está claro?

Era la clase de escoria que no me gustaba. Capitán Tan pretendía hacer del *Bambú* su centro de operaciones de venta de adormidera silvestre a los chicos de los pueblos. La dejaba secar y la pulverizaba en un molinillo de café.

Cuando estaba comprobando los cambios en la caja, Mariquita me dijo que Curra y una amiga habían estado allí, preguntando por mí.

—¿Ah, sí?

—Con las bragas por los pies.

La miré.

—Nerviosas —me aclaró.

—¿Qué querían?

—Trabajo.

Trabajo. Así que las cosas no le habían ido bien a la buena de Curra. ¿Qué habría ocurrido? Oh, sí, la habrían hecho una prueba, llegando a la conclusión, al servir la primera copa, de que el *Señor,* con ella detrás de la barra, se quedaría sin clientes en un par de días. Mariquita pareció adivinar mis pensamientos.

—La otra era Beba.

Beba... Oh, Beba. Sí, la recordaba, había trabajado un par de semanas en el *Bambú,* poco después de abrir, era amiga de Curra. Una rubia teñida, con flequillo.

—¿Han dicho si van a volver?

—Sí.

Saqué unos billetes y se los di a Ziya.

—Vuelve a *La Gata.* Dile a tu jefe que esto no te ha gustado.

Eran las diez y Curra no se había presentado. Me estaba arrepintiendo de haber despedido a Ziya.

Teníamos sólo tres clientes. Dos palurdos de San Justo y un perdonavidas. Tres cervezas. Novecientas pelas. Vi una pequeña sombra moviéndose junto al zócalo, en el otro extremo de la nave. Don Ratón. O, quizás, era sólo un pequeño grumo de mi cerebro. Últimamente pensaba demasiado. Iba siendo hora de desempolvar la caña.

Echamos el cierre a eso de las tres. Con treinta y ocho billetes de caja y un montón de clientes perdidos porque las chicas no les habían podido atender. Eso significaba unos billetes menos de recaudación, pero serviría para que se hablara con respeto del *Bambú,* claro que sí.

A la mañana siguiente, poco antes de las once, cogí el coche y me dirigí a San Justo.

Aparqué en Leguía, enfrente de la óptica Carriedo. Bajé del coche y me acerqué al escaparate. La aguja del barómetro indicaba que la presión estaba subiendo. Mil veinte milibares. El sábado definitivamente sacaría caña.

La vieja arpía de la pensión de Curra me dijo que ésta había hecho las maletas y se había ido, a primera hora. Que la policía también había preguntado por ella, hacía sólo unos minutos.

Así que la policía. Y preguntando por la amiga Curra.

—¿Por qué?

—¡Yo qué cojones sé!

La enseñé un billete y le pregunté si me permitía echar un vistazo a la habitación de la chica.

Encontré el armario abierto y vacío, el tocador desnudo, nada sobre la mesita de noche, ni en la silla, ni sobre la cama deshecha. Se lo había llevado todo en su vieja maleta.

—¿También miraron aquí los policías?

—¡Ellos gratis!

—¿Te dijo adónde iba?

—¡Yo tengo que saberlo todo! ... ¡A la estación!

—¿Iba otra chica con ella?

—¡Eso también!

—¿Una rubia, con flequillo?

—¡Y yo qué cojones sé si tenía flequillo!

Era Beba.

Tenía idea de que Beba hacía horas en la cafetería Maracaibo, en Herrera. Así que conduje hacia allí. No lograba imaginar qué quería de Curra la policía.

Había tomado demasiados cafés y ahora me apretaba la vejiga, por lo que, cuando llevaba apenas recorridos un par de kilómetros, me vi obligado a detener el coche en el arcén. Salí del coche y me arrimé a una tapia... Dirigí el chorro humeante contra las piedras. Acababa de echar la cabeza hacia atrás para mirar el cielo, que era Profundo, Insondable, cuando oí unos gemidos. Allí mismo, al otro lado de la tapia. No sabía qué era. Auténticos gemidos... No, no eran gemidos... ¿O, sí?... Gemidos continuos... ¿De hombre o de mujer? Humm. Parecían de mujer. Gemidos de mujer. ¿De placer o dolor? Humm... ¿Una pareja?... ¿una pareja follando? ¿a esa hora? ¿gemían los dos? O quizás eran sólo los gemidos de un hombre... Un tipo solitario desahogándose. Un pastor de cabras... O un moribundo que se había arrastrado hasta allí pasando mil penalidades... la víctima de un accidente tal vez, un ciclista al que un camión le ha pasado sobre las piernas, o alguien que ha recibido una cuchillada por enfrentarse a un salteador de caminos... Me la sacudí.

Me subí la cremallera. Continuaban los gemidos, cada vez más agudos.

Conduje despacio, saboreando la mañana, pensando en el Más Allá. Logré olvidarme casi de Curra. No sabía muy bien por qué, en los últimos días, no hacía más que corretear tras ella.

—¿Y Beba? ¿no es éste su turno?

La camarera a la que me había dirigido, en la cafetería Maracaibo, miró a derecha e izquierda y, al descubrir que el encargado nos estaba mirando, musitó:

—Un momento.

Se dirigió donde el encargado y le dijo algo, indicándome con la mirada.

Beba, hacía ya unos cuantos meses de eso, se había largado también del *Bambú* sin despedirse. Que quería mejorar, me dijo un día que la encontré en la calle. Otro día que me crucé con ella no dio muestras de reconocerme.

No tardé en tener delante de mí a un tipo estirado y distante.

—¿Por quién pregunta?

—Beba.

Miró sobre mi hombro.

—¿Es usted... familiar?

—No. ¿Por qué?

Me contempló desde las alturas, dentro de su traje gris.

—La acaban de llevar detenida.

—¿Detenida? —puse una expresión de perplejidad.

El encargado hizo que desentendía de mí, pero sin alejarse.

—¿Qué ha ocurrido?

Se inclinó sobre la barra.

—No es asunto nuestro. Si no va a tomar nada deje la plaza libre, haga el favor.

Me quedé pensativo. Di media vuelta y me fui.

Conduje hasta el cuartelillo. No sabía si Curra había sido detenida también. Tampoco tenía idea de qué podía haber ocurrido.

Me detuve delante del portalón pero no bajé del coche. No sabía qué hacer. De pronto me sentí fuera de lugar, apenas conocía a Beba, una chica que continuaba mirando al frente cuando me cruzaba con ella en la calle, que sólo había trabajado un par de semanas en el *Bambú,* no conocía nada de sus asuntos. Si Curra se encontraba allí, en el cuartelillo, seguro que, a esas horas, yo tendría ya una citación en el club o en el hotel.

Arranqué de nuevo y, sin proponérmelo, puse rumbo a la estación.

Había demasiados coches delante de la entrada, todos mal aparcados. Dos eran Renault de la Guardia Civil.

El hall de taquillas estaba totalmente vacío. Por lo tanto ningún rastro de Curra allí. Tampoco se veía a nadie atendiendo ninguna de las cuatro taquillas. Traté de abrir la puerta que comunicaba con el andén principal pero ésta estaba cerrada. Lo intenté de nuevo en la puerta de salidas pero ésta también estaba cerrada. A través del cristal esmerilado me pareció ver el andén lleno de gente; y todas las miradas parecían orientadas en la misma dirección. Nadie se movía.

Salí del hall de taquillas y rodeé el edificio principal. El autobús de San Justo acababa de llegar, el conductor estaba abriendo el maletero. Crucé el tinglado de facturación, hacia el andén uno.

Efectivamente, éste estaba repleto de gente, parecía como si media ciudad se hubiera congregado allí, como si los trenes, misteriosamente, hubieran dejado de recoger viajeros en Herrera. Sólo se oían cuchicheos y todas las miradas estaban dirigidas en la misma dirección: hacia el norte, hacia el puente peatonal de ladrillo que cruzaba las vías a unos doscientos metros de la estación.

Me abrí paso entre la gente hasta alcanzar el centro del andén. Ni rastro de Curra.

—Una chica.

—Dicen que una chica.

—¿Una chica? ¿mayor?

Fue lo que oí. Que era una chica. Se lo oí decir a un viejo, luego a un tipo mal afeitado, a continuación a un ama de casa con el carrito de la compra vacío. Lo corroboró uno de los empleados de mono amarillo:

—Sí, es una chica, yo la he visto.

La mayoría de las personas que ocupaban el andén eran jubilados, holgazanes, o amas da casa, porque sólo eran las doce y la noticia se había trasmitido por la ciudad en una frecuencia secreta: una chica había aparecido muerta entre las vías del tren.

Toda la atención se concentraba en el paso elevado de ladrillo, sobre el entramado de vías, que comunicaba el barrio de San Andrés con la vieja zona industrial, a unos doscientos metros de la estación. Aquel paso apenas se utilizaba, no había viviendas al otro lado y la mayoría de las viejas fábricas hacía mucho que habían ido a la quiebra. Bajo uno de los ojos laterales del paso podía verse a un grupo de guardias civiles haciendo corro a un bulto sobre las vías.

—¿Una chica? —me oí preguntando, algo sonámbulo ya.

Conseguí algunos cabeceos afirmativos.

Eché un vistazo por el andén buscando de nuevo a Curra, pero sólo en una acción mecánica, un sexto sentido me advertía ya que no era en aquella parte de la estación donde la iba a encontrar.

Tomé, caminando algo zombi, el sendero entre las vías que conducía al paso elevado. Nadie me impidió dirigirme allí.

Cuando me acercaba al grupo de guardias, dos de ellos volvieron la mirada fugazmente hacia mí, luego miraron de nuevo hacia el bulto que tenían a sus pies.

Un guardia permanecía de cuclillas junto al bulto cubierto con una manta marrón. Tenía levantada una de las puntas de la manta y contemplaba con aire reflexivo lo que había debajo.

—Aquí no se puede estar. ¿Qué quiere usted?

Otro guardia, espigado, de apenas veinte años, me salió al paso.

—Quiero identificarla.

Tuve la visión de media docena de miradas volviéndose hacia mí. Un cabo, de rostro caníbal, sin moverse de donde se encontraba, me espetó:

—¿Quién es usted?

—Soy el dueño del bar *Bambú*. Estoy buscando a una de

mis chicas. Me acaban de decir que ha venido aquí, a la estación. No la he visto en el andén.

Los guardias continuaron mirándome, sin mover una pestaña. Al fin el cabo me hizo una seña con la cabeza, indicándome el bulto entre las vías. Me acerqué. El guardia que estaba en cuclillas levantó la manta para mí.

Era Curra. Estaba sobre los hierbajos que crecían entre las traviesas. Su cuerpo tenía esa disposición cuando se duerme muy relajado, tumbado hacia abajo, con el brazo y la pierna izquierdos doblados formando un ángulo recto. No se apreciaba en ella ninguna señal de violencia; tenía el ojo izquierdo abierto, mirando hipnotizado hacia el raíl, o más allá; su coleta estaba deshecha, con el pelo totalmente desordenado.

—¿Qué le ocurrió? —pregunté.

—¿No lo sabes tú?

—No.

El cabo había pretendido ser irónico: cosechando un cero.

Me cogió del brazo y me condujo donde esperaba un oficial de aspecto pulido, acompañado por un paisano calzado con mocasines, calcetines blancos y traje gris. Un poli.

El oficial me pidió que me identificara, con todos mis datos. Se los di, le di mi filiación completa.

—Así que trabajaba para ti.

—Sí.

—¿Desde cuándo?

—Cuatro meses.

—¿Era tu novia?

Aquella pregunta no vino del oficial, sino de Calcetines Blancos, desde una cima asomando sobre un manto de nubes.

Era un tipo de unos cuarenta años, de pelo negro ondulado y mirada de sabelotodo.

—No.

—¿Que no te la tirabas, vamos?

—No.

—¿Qué más sabes de ella? —me preguntó el oficial en un tono neutro, sin seguirle el juego al poli.

—¿Te mantenía? —interfirió éste.

Ignoré a Calcetines Blancos Sabelotodo, dirigiéndome al oficial.

—Poca cosa —le respondí—. Las chicas no hablan mucho de su vida privada. Aparecen pidiendo trabajo, si hay una plaza libre las contrato, y eso es todo.

—¿Qué comisión te daba, eh? —intervino de nuevo el poli, golpeándome un par de veces el pecho con el revés de la mano—. ¿Te parecía poco?

El oficial me miraba sin decir nada, ignorando también al poli; así que me vi forzado a prestarle atención a éste.

—Tenía su sueldo.

—¿Cuál era su especialidad? —la sorna del poli no tocaba fondo—. ¿Eh, tío? ¿qué especialidad tenía? ¿cómo te lo hacía?

Podía sacar el puño y plantárselo en la jeta, sin importarme lo que aquello me pudiera costar. El tipo me humillaba, a Curra también, a cambio de muy poco, sólo estaba haciendo su número delante de los guardias: "Así es como llevamos las cosas los de la Escuela Superior, patanes". Seguramente no le habían dado asiento de ventanilla cuando le habían traído. No le respondí.

—¡Vamos! ¿Cuál era su especialidad? ¿La corneta? ¿qué tal la tocaba? ¿qué música te gusta a ti más? ¿"El sitio de Zaragoza"?

—Tengo mal oído.

—¡Vuélvete! —me ordenó.

El tipo se estaba crispando, él solo; era de la clase de individuos que se excitan sin ayuda. Giré dándole la espalda. Sentí sus manos cacheándome.

—¿Lo llevas encima o lo has dejado en casa? ¿Dónde vives?

—En el Cantábrico.

—¿Eso qué es?

—Un hotel.

—¿De los que alquilan sólo la cama?

Hablaba mientras seguía con su pequeña representación de cacheo. Antes o después necesitaría resultados porque había logrado crear expectación. Su mente era confusa, retorcida, así que presentí peligro.

—¡Descálzate!

El resto de los guardias nos miraban, impasibles.

Miré al oficial. La expresión de éste estaba vacía.

—¿Es necesario?

—¡Claro, mamón! —me gritó el poli cerrando los puños— ¡O lo haces tú solo, o te saco la ropa a hostias yo!

Miré de nuevo al oficial. Este continuaba con su expresión ausente.

—¿Qué pretende encontrar? —le pregunté al poli.

—¡Lo sabes muy bien!

Comencé a descalzarme. Levanté un pie y tiré del zapato.

—¿Por qué la has venido a buscar aquí? —me preguntó el poli empujándome con fuerza por el hombro.

Pequeño hijo de puta. Me caí, de espaldas, con las dos manos ocupadas en sacarme el zapato del pie. Mi rabadilla chocó contra un raíl. El golpe me hizo daño. El zapato fue a parar a unos cuatro metros. Sentado en el suelo le clavé la mirada al poli. El tipo se limitó a sostenérmela con las manos en las caderas. Los guardias continuaban contemplándonos, como estatuas.

—¿Tú eres el tipo de los sordomudos, verdad?

Traté de disimular que me había hecho daño. Pero igual no podía ni levantarme.

—¿Sordomudos?

—¿Te vas a hacer el listo? Te dieron una buena pasada —volvió la mirada hacia el bulto bajo la manta. Luego la puntera de su zapato tocó mi pierna—. ¿Lo han hecho ellos?

Miré yo también hacia el bulto.

—Quizás.

Apareció un coche oscuro. Dos o tres guardias se apresuraron a salir a su encuentro. Sería el juez, o el forense. El poli continuó con las manos en las caderas.

—Claro, les dejaste con las ganas y lo ha pagado ella.

El oficial cogió mi zapato y me lo echó a los pies. Luego se encaminó también hacia el coche.

Una idea, como un gusano, se estaba abriendo paso en el cerebro del poli, porque se quedó mirando hacia la manta con aire concentrado, con la idea perforando un pequeño túnel en su cabeza. Al fin dijo:

—No he terminado contigo —me advirtió—, será mejor que no cojas ningún tren.

Dio media vuelta y se dirigió también donde se había detenido el coche.

Ya en el andén, un par de periodistas salieron a mi encuentro, al parecer no habían perdido detalle de la escena.

—¿Era una de sus chicas?

—No.

—¿La conocía?

—No.

Traté de abrirme paso.

—¿Por qué le han cacheado y le han cascado entonces?

—Me han cacheado porque podía ser un desequilibrado armado. No me han tocado, mi pie tropezó contra un raíl.

—¿Ha olvidado las gafas?

—Sí.

Me quité el polvo que todavía tenía en los pantalones.

—¿Sabe quién la mato? ¿por qué le han roto los brazos y las piernas?

Así que. Los brazos y las piernas... Brazos y piernas. Un zumbido ocupó mi cabeza. El zumbido se hizo más intenso. El zumbido continuó creciendo. Una bola ardiente me subió desde el estómago a la garganta...

—... De eso no sabía nada —logré balbucir.

Me abrí paso hasta el coche.

Permanecí con las manos apoyadas en el volante durante un buen rato. El zumbido no remitía. La bola subía y bajaba por mi esófago. Logré bajar la ventanilla, en cualquier momento podía vomitar. Oí un claxon lejano.

Tomé Delgado Chalbaud.

Mi cerebro fue ocupado por una gran ave negra, de graznido horrendo, volando sobre mí, abriendo sus enormes alas oscureciéndolo todo.

Cogí la caña y bajé al río. Traté de pensar un poco. También de pescar. No conseguí hacer ninguna de las dos cosas. Efectué media docena de lances y sólo logré azotar algunas rocas. No era capaz de concentrarme, además la presión había dejado de subir. En el último lance un murciélago estuvo a punto de atrapar la cucharilla; estábamos casi en invierno y eran sólo las tres, ¿de dónde coños habría salido?

Comí en el mesón de Santa Lucía. Bebí tres cafés y tres copas de coñac.

Fui al club y serré los cañones de la escopeta por la mitad. Luego la cargué con los cartuchos de Beni y metí otra media docena de cartuchos en el bolsillo.

Empleé el resto de la tarde en el parque, contemplando a los viejos jugar a la petanca.

Regresé al club a eso de las siete y media. Las luces estaban apagadas. Las chicas no se habían decidido a abrir, sin duda ya conocían la noticia. El Seat de Nélida se encontraba en un extremo del aparcamiento, en la zona más oscura.

Bajé del coche y me quedé mirando hacia el club. Había algo de humano en aquellas paredes, ahora desvalidas.

Podía ver las brasas de los pitillos de las chicas dentro del coche. Me acerqué. Tenían las ventanillas subidas. Golpeé con los nudillos en el cristal. Nélida lo bajó unos centímetros. Le dije:

—¿Qué ocurre? ¿vamos a sacar hoy la barra aquí?

Abrieron la puerta y bajaron del coche. Luego, en silencio, sin mirarme, se encaminaron hacia el club.

Se detuvieron en la puerta. Cuchichearon un poco y Nélida se separó del grupo enfrentándose conmigo.

—¡No entramos!

—¿Por qué?

—¡No nos va esta mierda! ¡Sirve tú las copas, si quieres! ¡Que te vaya bien!

—¿Quién lo dice?

—¡Todas!

—¿Eres la portavoz? ¿Habéis hecho un sindicato?

—¡Eso! ¡Queremos nuestra paga!

Entraron detrás de mí. Reuní todo el dinero que encontré y se lo di.

—No tengo más, ni ahora ni nunca.

Cogieron el dinero y se largaron, sin despedirse.

O sea, que ya no había club. Así, en un visto y no visto. Sin más. Evaporado, volatilizado. Un número de prestidigitación. Magia. Desaparecido en la noche.

Apoyé la espalda en el frigorífico.

Un club son las chicas, sólo las chicas, así que el *Bambú* había desaparecido. Había dejado de existir con la misma facilidad con la que había nacido.

Se acabó el negocio. Empezar de nuevo. Sí, eso era... No, no sabía. ¿Otro club? Una oficina tal vez. Algún viejo con cataratas necesitado de controlar las cuentas de la cocinera. Algo así.

Oí un coche que llegaba. Enseguida la puerta se abrió y entraron cuatro tipos. Perdonavidas de Herrera.

—Está cerrado —les dije.

—¿Por qué? —preguntó el más listo de los cuatro.

—Cambio de chicas.

—¿Cambio de chicas? Las que tenías eran inmejorables.

Se rieron.

Me lo tragué. Eran cuatro y sentía que no tenía demasiadas cosas por las que luchar. Aquella noche podía tragarme el mundo convertido en tiras cómicas.

Una hora después eché el cierre. Me metí en el coche y encendí un pitillo.

16

¿Qué estoy haciendo aquí?, me pregunté, ¿en este entierro?, mientras practicaba un limpio salto de rana para no meter la pezuña en uno de los muchos charcos del camino.

Estaba siguiendo el furgón fúnebre de Curra. A pie, cuando podía haber cogido el coche y seguirlo cómodamente sentado, o, mejor, haberme limitado a enviar una corona con un "No te olvida". No lo había hecho, así que ahora me encontraba caminando y saltando sólo porque la escoria de su familia se había echado a andar detrás del féretro y yo les había seguido sin pensarlo, como un cordero.

Pero le debía algo a la chica, ¿o no? ... Sí. Claro que sí, siempre se debe algo... Por no sisarme demasiado, o por respetar los doscientos metros del club... y, también, por dar la cara por mí un par de veces... La buena de Curra.

Me había puesto el traje oscuro y había gastado medio billete en flores amarillas, para llevar algo en la mano, algo que subrayara mi categoría de Jefe Agradecido.

Delante de mí, a unos cinco metros, marchaban la madre, el hermano y las dos hermanas. La familia al completo. Siguiendo mis pasos iban tres o cuatro viejos, de los que se apuntan a los entierros para favorecer la circulación de la sangre.

La hermana a la derecha de la madre —Aurelia, Aurora, o Angustias— tenía rostro de cafre, y una lustrosa peluca caoba. Servía en el *Tanga,* en Somiedo. Curra no se hablaba con ella, eso me había comentado una vez, incluso una de las dos, no recordaba quién, había llegado a pegarle a la otra con un palo. La otra, a la izquierda de la madre, tenía un rostro atroz, y una esplendorosa peluca platino. Servía en *La Paloma,* el bar donde Mariquita se buscaba problemas.

Los dos portentos estaban enganchadas al caballo.

Miré otra vez sobre mi hombro. Ninguna de las chicas del *Bambú* había aparecido.

La ceremonia fue rápida, menos mal, el cura no hizo nada para disimular que tenía prisa. El show del pésame-cara-de-póker también fue rápido.

Cuando tenía un pie dentro del coche, dispuesto a largarme, se acercó el hermano, el hombre de la familia, un larguirucho de mirada áspera. Regentaba un bar barato en algún lugar de Herrera. Me habló, forzando una expresión despiadada:

—¡Espera, tú!

Me quedé mirándole, sin sacar el pie del coche.

Sin más, el tipo, el cabrón, se acercó, me cogió por las solapas y me zarandeó, gritándome como un loco:

—¿Quién lo ha hecho? ¿quién lo ha hecho, cabrón? ¿has sido tú, eh? ¿has sido tú, hijo de puta?

Le cogí por las muñecas.

—¡Dale al hijo de puta ese! ¡Dale!

Era la zorra mayor, histérica, acercándose a nosotros hecha un basilisco.

Saqué el puño y se lo planté al fulano en el morro, con la fuerza suficiente para que me soltara. Se llevó la mano a la jeta, retrocediendo, doblado por la cintura, con toda su tensión desaparecida por un gran sumidero. La visión de su propia sangre le puso histérico.

—¡Mira! ¡mira lo que me ha hecho el cabrón! ¡Me ha matado! ¡Me ha matado!

Joder.

Podía haber disfrutado de una buena sesión de risa, la estaba necesitando, pero ya tenía al espécimen mayor encima, gritándome como una posesa y mostrándome las uñas. Saqué de nuevo la mano y la aticé en el esternón, tumbándola en tierra. Aproveché para meterme rápido en el coche y echar el seguro. La vieja y el otro vástago enfilaban ya hacia mí.

—¡¡Cabrón!! ¡¡Hijo de puta!! ¡¡Espera un poco!!

¡El puto entierro! ¡un gasto extra en flores, los zapatos manchados de barro y un ligero dolor en la muñeca porque la sangre de aquel fulano debía estar envenenada! ¿me la habría dislocado?

Me largué, sin mirar hacia atrás, tratando de borrar de mi mente, cuanto antes, todo lo acontecido aquella última hora.

Encontré a Mariquita en la barra de *La Paloma,* bastante cargada. Logré sacarle una promesa de que volvería al *Bambú.* Aparentó no saber nada de las otras chicas.

Busqué a Nélida y a Lamia por los bares de San Ginés pero nadie sabía de ellas.

Cuando llegué al club, unos minutos antes de las siete, Capitán Tan rondaba cerca del río. Esperaba a que yo desapareciera para beberse un par de cervezas gratis y sacarle algo de dinero a Mariquita. Abrí el club y le llamé. El tipo se alejó fingiendo que no me oía.

—¡Tengo algo para ti!

Entonces sí me oyó. Se acercó, encorvado, con la cabeza entre los hombros, perruno.

—¿Quieres una cerveza?

—Humm.

—Me gustaría que vigilaras un poco. Hoy estará Mariquita sola. Si hay que servir una copa la sirves también. Tómate una cerveza, o dos.

Cogí la escopeta, la metí debajo de la gabardina y regresé al coche.

Entré en el *Señor.* Ni Doctor Temple ni la Mona estaban a la vista. Llevaba la gabardina abrochada, y la escopeta cogida con la mano izquierda apretada contra la pierna.

Una docena de clientes, ciudadanos pulidos, ocupaban la barra.

Luque se encontraba en el extremo del mostrador mas próximo a la puerta, con las manos a la espalda.

Curra no podía encajar allí, eso era evidente. Sólo la habían premiado dejándola servir alguna copa. ¿Por qué? La razón de aquel premio se me escapaba.

—¿Caballero?

Era Luque.

—¿Doctor Temple, anda por aquí?

—¿Quién, señor?

—El otro socio de esto.

Pareció reparar en mi gabardina abrochada y en mi mano hundida en el bolsillo izquierdo.

—... Este club sólo tiene un socio, señor.

—¿Está ella?

—La señora no está, señor.

Indiqué el local con la barbilla.

—¿Qué tal va el negocio?

—Muy bien, señor. Tenemos guardarropa, señor. ¿Quiere que le deje la gabardina?

—¿Y a ti cómo te va? Sabes que tengo siempre un puesto para ti en el *Bambú*.

—Oh. ¿Qué clase de puesto, señor?

Alguien elevó la voz en el otro extremo de la barra. Era uno de los clientes, un señorito algo colocado, la había tomado con una de las chicas. Luque, sin molestarse en mirar previamente, se deslizó hacia allí.

Poco después cruzó a mi lado sosteniendo al tipo por un brazo. Trataba de calmarlo diplomáticamente:

—Yo mismo se lo prepararé, señor. ¿Beefeater y unas gotas de absenta? Perfecto, señor.

Desaparecieron por una puerta lateral. Segundos después se oyeron unos golpes secos, bastante duros.

La puerta se abrió reapareciendo Luque. Tres o cuatro cabellos cruzaban su frente. Miró a derecha e izquierda y todo su envaramiento se esfumó. Se echó aliento en los nudillos y me dijo a la oreja:

—Bueno, amigo, ¿qué tomas? ¿Una malta?

—¿Invitas tú?

—La casa.

Hizo una seña a una de las chicas y ésta nos sirvió un par de copas. Después del primer trago le pregunté:

—Curra, ¿te has enterado?

—Sí.

—¿Por qué se fue?

Miró de nuevo sobre mi hombro, era su tic para no correr riesgos.

—¿Irse?... No se fue. La echamos.

104

—Oh. Así que la echasteis. ¿Por qué?

—No tenía clase suficiente para servir aquí.

—Eso ya lo sabíais cuando la contratasteis.

—Yo no la contraté...

—¿Quién lo hizo?

—... La mora.

¿La mora? ¿se refería a la Mona? No sabía que fuera mora, no lo parecía.

—¿Te refieres a la jefa?

No me contestó, la respuesta era evidente.

—Tenía tan poca clase que ella y una amiga se llevaron la recaudación.

Entonces era eso, Curra y Beba se habían llevado la recaudación del *Señor*. ¿Sería cierto? ¿no me estaría mintiendo? No, no había motivo para ello. Eso era algo. Al menos tenía sentido. La recaudación...

—Así que se llevaron la recaudación...

—Toda.

—¿Las denunciasteis?

Me miró levantando la barbilla.

—Esto no es una institución de caridad.

La detención de Beba estaba entonces justificada.

—¿Y la mora?

—Por ahí.

—¿En casa?

—Quizás.

—Voy a llamarla. ¿Recuerdas el número?

—Necesariamente, no viene en la guía.

—¿Cuál es?

—No viene en la guía.

Se le había bajado la hinchazón de los nudillos y eso le permitía ponerse duro de nuevo. Yo podía sacar el número a alguna de las chicas.

No fue necesario, Luque rodeó la barra, descolgó el teléfono y marcó un número. Poco después me pasó el auricular. Tenía a la Mona al otro lado.

—Soy Novoa. Quiero verte.

—¿Para qué?

—Tenemos que hablar.

—No se me ocurre sobre qué.

—Me hiciste una propuesta, ¿recuerdas? Iré a tu casa.

—Ahora no puedo recibirte. Pásate cualquier otro día por el club.

Colgó sin más.

Luque no me había quitado el ojo de encima. Apuré mi copa y le dije adiós con la mano. Ya en la puerta, me volví.

—¿Qué apartamento es?

Buscó en mi rostro algo que me delatara, pero no lo encontró.

—... El 317.

Salí del club.

El portero se paseaba delante de la puerta.

—¿Taxi?

—Tengo mi coche —miré hacia lo alto—. ¿Lloverá?

—Anda revuelto.

—¿Pescador?

Se rió.

—No, no me gusta el pescado.

Me dirigí al coche. Le hablé por encima del hombro.

—Voy a ver a la jefa. ¿Cuál es el camino más corto?

—¿Buenavista? ... Lo mejor Chopera adelante.

—¿Hasta Arroyo Chico?

—Cae enfrente.

Apartamentos Buenavista. Tenía el edificio enfrente, solitario, rodeado por un jardín con palmeras. Un pastel de cristal y mármol, el lugar indicado para aparcar sus huesos cualquier furcia elegante.

Por un instante pensé en coger la escopeta, pero lo pensé bien mientras mantenía la puerta del coche abierta y, al fin, decidí no hacerlo.

La puerta del edificio estaba sólo entornada. Crucé el espacioso hall alfombrado, entré en uno de los ascensores y pulsé el botón del tercer piso.

Salí del ascensor, busqué el número 317 y llamé al timbre.

Esperé apenas diez segundos. Fue ella quien me abrió. Su rostro no reflejó sorpresa al encontrarse conmigo. Su expresión era neutra, pero me pareció que forzada; rápidamente la relajó cuando su cerebro archivó que era yo la persona que tenía delante.

Eh, se había maquillado, exacto; los ojos, los labios, las mejillas... Sombreado, rouge, coloretes... Y para estar en casa. Eso parecía algo especial.

La mirada que me dedicó, después de mi saludo, fue también especial: era de contrariedad. Oh, también había cuidado su vestimenta, nada de vaqueros y camiseta de algodón, blusa blanca esta vez, con charreteras, chalequito negro de terciopelo, holgados calzones de tono malva y zapatos con tacón de aguja... Bueno, continuaba siendo la poquita cosa de siempre, incluso aquel disfraz no la favorecía.

—Ahora no estoy para negocios, ya te lo dije, no puedo atenderte. También te dije que te pasaras por el club otro día.

—Me iré enseguida.

Apoyó la mano en el borde de la puerta para darme un repaso, luego, con desgana, me franqueó la entrada.

—Te doy un par de minutos.

—No necesito más.

Cerró la puerta y me precedió hasta el salón.

Era una habitación amplia con una decoración recargada y resultona. Sobre una mesita de tono caoba había una botella de JB sin abrir, con una cubitera rebosante de hielo y un par de vasos grandes, limpios.

Me dio la espalda y se inclinó sobre la mesita para abrir un paquete de chucherías. Hundí las manos en los bolsillos.

—Será mejor que no me vengas con la historia de que te ha costado sudor y sangre llegar donde has llegado —le dije, poniendo un tono duro y dando un par de pasos hacia ella—. Yo también conozco ese camino.

—¿De veras?

—La recaudación de una noche no significa nada. Y ya la habías recuperado.

Se volvió y me miró con el ceño fruncido, sosteniendo el paquete de frutos secos en la mano.

—¿Estás hablando de algo?

Me dieron ganas de sacudirla. Saqué las manos de los bolsillos.

—Continuaba siendo una de mis chicas porque había regresado al *Bambú* pidiendo que la readmitiera, el asunto no me deja de lado, así que será mejor que no juegues conmigo.

Tardó un par de segundos en comprender, cuando lo hizo se limitó a cabecear afirmativamente.

—Quieres ajustar cuentas, ya veo —me dio la espalda de nuevo, inclinándose sobre la mesita con las bebidas para echar los frutos secos en un platito—. Tú eres el fulano que tiene todas las preguntas y todas las respuestas, sólo necesitas ponerlas en orden... —se volvió—. ¿Por robar la recaudación? ¿la dejé sobre unas vías? ¿es lo que tratas de decir? ¿sólo por eso? ¿a Curra? ¿la chica que trabajaba para ti? —comenzó a moverse agitada—. ¡Sí, primero gasté una noche poniendo una denuncia y luego dije que acabaran con ella! ¡Así es como yo trabajo, así es como he salido adelante, siendo tan inteligente!

Cerré el puño, sólo porque había advertido algo de sarcasmo en su voz.

—La denuncia es lo que no encaja, precisamente eso. Nadie denuncia a una chica por meter la mano en el cajón.

Se volvió de golpe.

—¡Las chicas que yo contrato no se dedican a robar! ¡el *Señor* no es el *Bambú*! ¡Si alguien me roba, yo le denuncio! Si tú no lo haces es asunto tuyo. ¡Esas chicas se llevaron mi recaudación, yo las denuncié y la policía detuvo a una de ellas, sin un céntimo encima!

—¿Y Curra?

—Oh, Curra, ¿no te lo imaginas? —ironizó de nuevo, pero algo crispada—: nos vimos obligados a dejarla sobre las vías, claro; le rompimos los brazos y las piernas para que no se moviera.

—¿Y no fue lo que le sucedió?

Me hizo frente, colérica.

—¡Es lo que te acabo de decir! ¿También estás sordo? ¡Los brazos y las piernas rotos! ¡todo el mundo lo sabe, la gente no se encoge de hombros ante noticias así! ¡Le rompimos los brazos y las piernas antes de echarla a las vías! ¿Qué te pasa a ti?

Adelantó la cara retándome a que la sacudiera. Y estuve a punto de hacerlo.

Era muy lista, sabía que si yo la pegaba estaría dando por

buena aquella falsa escena y la entrevista habría terminado. La cogí del brazo y la zarandeé.

—¡No he venido a oír chistes, quiero conocer la verdad! ¡y me la vas a decir!

—¡El chiste eres tú, con esa cara! ¿Qué andas buscando, eh? ¿A qué has venido aquí?

—¡No a ver alardes de imaginación!

—Ya, me lo he imaginado.

—¡Lo que quiero son respuestas!

—¡Tú las tienes todas! ¡Lárgate!

—¡Casi todas! ¡Quiero saber también a qué se debe tu interés por el *Bambú*! ¿Por qué te atraen tanto cuatro paredes de bloques, eh? ¿por qué ese interés? ¿Lo quieres comprar? ¿por qué? ¿para qué?

Su tensión decayó. Trató de encontrar en mis ojos una respuesta a aquel giro repentino de la conversación. La zarandeé de nuevo.

—¿Quieres ampliar el negocio y has decidido empezar conmigo? ¿Cuánto estás dispuesta a pagar, eh? ¿Cuánto?

—Yo me dedico a los negocios, igual que tú, ¿no lo sabías? —me respondió en un tono suave—. Unos van y otros vienen, y a veces me encuentro con los que vienen, como tú.

—¡Invertir en el *Bambú* es ir a ninguna parte! ¿A qué se debe tu interés? ¡Quiero saberlo!

—Tuviste una oferta y la rechazaste. Olvídalo.

La clavé los dedos.

—¡Todavía me interesa! ¿Detrás de qué andas? ¿detrás de qué andáis ese fulano y tú?

No hizo nada por zafarse, se limitó a reírse.

—Ando detrás de ti, ¿te sorprende?

Levanté el puño y la sacudí, en el cuello porque, con reflejos, echó la cabeza hacia atrás. Así y todo, de no tenerla agarrada, hubiera besado el suelo. No hizo nada para defenderse, se limitó a clavarme la mirada, sonriéndome, era una sonrisa de loca. Iba a sacudirla de nuevo, en la boca, cuando una voz sonó a mi espalda.

—Tranquilo, tío. A lo mejor lo que dice es verdad.

Era la voz de Doctor Temple.

Aquello me dejó perplejo.

Cuando me volví lo encontré, recto como un palo, ocupando el vano de la puerta que comunicaba con un pasillo. Curiosamente parecía relajado, aunque la piel le brillaba en los pómulos; sus ojos me miraban alertas detrás de sus gafas. Tenía el brazo derecho doblado en ángulo recto, con la mano a la altura de la cintura, sosteniendo una pistola con el cañón apuntándome. Añadió:

—Ella no estaba en eso.

—¿No estaba en qué? —logré decir.

La Mona se soltó de mí con un tirón seco.

—Ella no entra en nuestro negocio.

Lo dijo mirándole a ella, y parecía una pregunta, para reafirmarse en algo. Había empleado el tono suave que se utiliza para sacar a alguien de un error.

La Mona hizo oídos sordos a lo que acababa de oír:

—¿Por qué no os largáis los dos? Aquí estáis de sobra. ¡Largo!

Indiqué la mesita de las bebidas.

—¿Era para él esa botella?

—¡El no bebe!

Doctor Temple continuaba mirándola.

—Por eso te lo he preguntado. No bebe pero sabe llegar en el momento oportuno, sobre todo si hay alguien que le da la entrada.

—Tú eres muy listo, no se te escapa nada. Lo único que no comprendes es la invitación a que te largues.

—De momento me encuentro a gusto aquí.— Me dirigí a Doctor Temple. Este ya no le miraba a ella, no miraba a nadie—. ¿Negocios también?

—Del tipo de los tuyos —intervino rápida la Mona, retadora—. ¡Largaros los dos!

—No hemos terminado —le replicó de pronto Doctor Temple, con la mirada vuelta hacia ella, helado.

—¡Yo sí he terminado! ¡con los dos! —la Mona se encaró con él—. ¡Me ha costado demasiado llegar donde he llegado, como dice éste! ¡Arrástrate como yo! ¡Un club es como mi casa y una casa no se comparte con nadie! ¡No te pongas en mi camino! ¡Aléjate de mí! ¡Fuera!

Doctor Temple replicó suave:

—Seguirás llevándolo tú, como si fuera tu casa, yo ni pisaré por allí.

—¿Pisar por allí? ¡Ja, ja, ja! ¡Claro que no pisarás por allí! ¡Siempre he ido sola y continuaré sola! ¿Comprendes? ¡Sola! ¡Yo siempre marcharé sola! ¡no necesito compañía!

Doctor Temple la miraba tenso, no me hubiera extrañado ver tensarse su dedo en el gatillo.

Así que Doctor Temple quería participar en el *Señor*. Eso entraba dentro de lo razonable. Pero no su interés por el *Bambú*. Como el de la Mona.

Se produjo un silencio súbito. Esperé que lo rompiera alguno de los dos pero parecía que no tenían más que decirse.

—¿Os divertisteis? —la pregunta se la hice a Doctor Temple, en tono retador.

Doctor Temple continuó mirando a la Mona sin dar muestras de haberme oído.

—Me refiero a la estación —añadí, dando un par de pasos adelante, interponiéndome en el campo visual de los dos—. Ya ni siquiera trabajaba para mí. Amagar pero no dar, ¿eh?

El rostro de Doctor Temple, durante unos segundos, no reflejó nada. Luego habló:

—... Hay muchos golfos por ahí. Seguramente tu chica se encontró con uno de ellos.

Me encaré con él.

—Ese golfo, u otro cualquiera, destrozó mi club; otro par de golfos violaron y quemaron a una de mis chicas; otros dos me quitaron la recaudación y me atizaron un poco...

—*Nuestro* club, enano —me interrumpió, clavándome la mirada por primera vez.

—Todavía no tienes la llave.

—No necesito llave. Me basta con una firma. Una firma y te evitarás muchos problemas.

Le indiqué la pistola.

—¿Esa?

—¿Esta? —miró la pistola por primera vez como sorprendido de encontrarla en su mano—. Puede ser. Aunque eres tú quien va rompiendo los huesos por ahí... Ahora vas a cambiar de ocupación, vas a buscar un notario, verás lo legal que soy.

—¿Y si no lo encuentro?

—Lo encontrarás, no tienes otra cosa que hacer.

—Soy un experto en buscar ocupaciones.

Mantuvo su mirada helada sobre mí unos segundos. Al fin dijo:

—Y yo.

La mano con la pistola se separó lentamente de su cuerpo y comenzó a girar en mi dirección.

Entonces se oyó el timbre de la puerta de la calle. Un timbrazo corto solamente. Los tres volvimos la mirada hacia allí. Nos quedamos en suspenso durante unos segundos, con sólo el sentido del oído funcionando. La Mona reaccionó al fin y fue a abrir. Me moví un par de pasos para tener dentro de mi campo visual el pasillo.

La Mona abrió la puerta.

—Hola.

Era la voz de Rico. La Mona permaneció durante un par de segundos sosteniendo la puerta entornada, algo etérea, luego le franqueó la entrada, sin responder a su saludo.

El poli se había afeitado. Era el primer cambio que aprecié en él desde la última vez que nos vimos. Había cambiado la cazadora por una chaqueta de mezclilla. Aquel afeitado y aquella chaqueta me pareció que encajaban con el maquillaje de la Mona.

Rico y la Mona se miraban a los ojos, los dos sobre una nube.

—Hace tiempo que no nos vemos —le dijo al fin la Mona. Su voz sonó diferente, conseguía apenas parecer segura.

—Sí.

Entraron en el salón. La Mona nos presentó sin mirarnos.

—Temple y... uno cualquiera —ni siquiera recordaba mi nombre—, estaban aquí y ya se iban.

Un fugaz intercambio de miradas sirvió como saludo. Rico no dio muestras de conocerme, tampoco pareció reparar en la pistola que Doctor Temple sostenía en la mano.

—Guarda eso antes de salir —le dijo la Mona a éste, indicándole la pistola con la barbilla—, ya nos has impresionado bastante. Ahora, ¡fuera!

No indicó la puerta ni esperó ninguna respuesta, se dirigió a la mesita y cogió la botella de JB.

Doctor Temple no guardó la pistola. Su mirada estaba vacía.

—¿Una copa? —dijo la Mona, dirigiéndose a Rico.

—No.

La Mona dejó la botella y se volvió cruzando los brazos sobre el pecho. Su nerviosismo iba en aumento. Y la única razón era Rico, Doctor Temple y yo ya no existíamos para ella.

—¿Poli? —le preguntó la Mona a Rico—. ¿Todavía andas en eso? Hace mucho que no sabía de ti.

—Todavía.

Rico no había dejado de mirarla, su mirada era más profunda que intensa. Se acercó a ella, la cogió por la barbilla y depositó un beso suave en su mejilla. La Mona, desconcertada, descruzó los brazos dejando las manos a media altura, dudosa.

Aquello era, al parecer, la continuación de algo que había quedado a medio hacer hacía algún tiempo. Ella no parecía segura de querer reanudarlo.

La mirada de Doctor Temple regresó a este mundo. Sostenía ahora la pistola con firmeza. Les apuntaba.

La Mona se separó bruscamente de Rico.

—¿Estás aquí como poli?

—Sí.

La Mona, cada vez más nerviosa, dio media vuelta y se alejó de él. Cogió una cajetilla que había sobre otra mesa y la quitó el celofán. Yo sabía que no fumaba. Había comprado Marlboro para él. Dejó la cajetilla y, forzando la indiferencia, le preguntó:

—¿Drogas?

—No.

—No es necesario que hables tanto —dijo la Mona en un patético tono festivo—. Se va a enterar todo el mundo.

—Sólo subastas.

—¿Subastas?

El rostro de la Mona reflejó una genuina expresión de sorpresa.

—Eso es.

Doctor Temple se movió por primera vez de la puerta, dando un par de pasos al frente, algo más relajado.

—Es el poli de Vargas —miraba a Rico, pero se dirigía a la Mona—. Es el que mete miedo a los subasteros. Trabaja para el gitano. No tendrá un gran sueldo.

—¿Cómo te va? —le preguntó Rico a la Mona, con un barniz de ternura en la voz. Continuaba ignorándonos a Doctor Temple y a mí, como si no le hubiera oído a éste, como si no nos encontráramos en la habitación.

—Bien, me va bien —el tono de la Mona era inconsistente, no había encontrado todavía una posición sólida para dirigirse a Rico—. Un club, otro a punto de abrir y cosas así —añadió con orgullo.

—No podías fallar.

—¿A cuántos has sacudido ya? —le preguntó Doctor Temple a Rico, retador—. ¡Quiero que los dejes en paz, son amigos míos, entiendes!

Lo hizo buscando pelea. Había avanzado otro par de pasos hacia el poli, poniendo bien a la vista la pistola.

Rico pareció reparar en él por primera vez. Lo estudió de soslayo. De pronto giró, se acercó a él y ¡le abofeteó! ¡zas, zas! ¡un par de veces! ¡ignorando el arma! De un manotazo le arrebató limpiamente la pistola, aferrándola por el cañón.

—¡Fuera!

Fue una bella escena. Relampagueante. Con Doctor Temple lívido, como si acabara de sufrir una descarga eléctrica, con los pensamientos cruzando por su cerebro a tanta velocidad que era incapaz de atrapar ninguno. Dos o tres pistolas de reserva en los bolsillos no le habrían servido de nada.

Fue la Mona la que tomó la iniciativa por él. Se interpuso entre él y Rico, mirando al quinqui.

—¡Ya has estado aquí demasiado! ¡Te he dicho que te largues!

Doctor Temple no la miró, no estaba para mirar a nadie, convertido en una especie de amasijo. Dio media vuelta y salió del salón. La puerta de la calle se abrió pero no la oímos cerrarse.

Transcurrieron unos segundos, nadie se movió, nadie dijo nada.

—Yo también me voy —dije al fin—. Han pasado los dos minutos.

No me oyeron, no repararon en mí. Se encontraban uno frente al otro, a un par de metros de distancia, Rico con la pistola todavía en la mano, mirando profundamente a la Mona, és-

ta con los brazos cruzados sobre el pecho, en un gesto de inde-
fensión, atrapada.

Saludé con la mano y tomé el camino de la puerta.

Cuando llegué al portal, Doctor Temple había desaparecido.
O no estaba a la vista, tampoco su coche. Seguramente abría
corrido a buscar una armería para comprar otra pistola.

Y ése era el fulano que roía el hueso de mi trabajo.

Me metí en el coche y puse las manos en el volante, pero no
sabía adónde ir. Así que no conecté el motor, recurriendo a la
vieja ocupación de esperar.

Rico tardó en aparecer una media hora. Lo hizo con su habitual aire zombi, de otra galaxia. Bajé la ventanilla.

—Puedo llevarte.

Se detuvo al borde de la acera, luego, sin abrir la boca, rodeó el coche, abrió la puerta y se sentó a mi lado.

Recorrimos Cerda Covián y San Segundo. Luego Noel. Ya
en la Avenida, comenté:

—Así que un asunto oficial...

Tardó en responderme, como si no me hubiera oído.

—Humm.

—Me refiero a tu trabajo.

—... Puede ser.

—¿Qué puede ser?

—Oficial mientras un comisario tenga un socio llamado
Vargas.

—Ah.

Eso encajaba algo. Vargas y un comisario. ¡Socios! ¡Uña y
carne! ¡Un patriarca gitano y un cazador de gitanos! ¡compa-
dres! Después de todo tenía cierto sentido.

—¿Y el comisario qué hace?

—Cobrar.

—¿Por nada?

—Lleva el tema de seguridad.

—Y te lo ha encargado a ti...

De nuevo tardó en responder.

—No.

—¿No?

—Yo se lo pedí.

El tono de su voz se había hecho más profundo.

—Has venido por la Mona. ¿Dónde os conocisteis?

Esperé su respuesta, conduciendo a marcha moderada, pero ésta no llegó. Giramos en la rotonda y entramos por Valmaseda.

No debí preguntarle aquello, no era de mi incumbencia, ¿qué coño me importaba a mí? Además, por la escena que había presenciado, no podía sacar conclusiones definitivas sobre lo que la chica significaba para él. En realidad formaban una pareja bastante curiosa, el tipo debía estar casado, padre de familia tal vez, estirando el sueldo a fin de mes con su costilla dándole vuelta a los abrigos. Poli.

—¿Qué hotel? —le pregunté.

—El Florida.

Cinco minutos después nos detuvimos delante de la puerta del Florida.

—Nos convendría unir nuestras fuerzas —le dije cuando salía del coche.

Se detuvo en la acera, sosteniendo la puerta abierta.

—Explícate.

—El fulano al que has cruzado la cara no se va a olvidar de ti. Sucede que ese fulano me está presionando, ayudado por unos amigos. Quiere quedarse con mi negocio, el club, y que yo trabaje para él...

El poli rumió lo que acababa de oír, con la mirada flotando entre los dos.

—¿Y quieres que te aconseje?

—No. Han detenido a una chica, una tal Beba, era amiga de la chica que apareció muerta en las vías, Curra. Esta trabajaba para mí. Hace unos días cambió de barra, sirvió alguna copa en el *Señor,* el club de tu amiga. De allí también se fue, pero llevándose la recaudación. Me gustaría saber por qué han detenido a Beba, si fue por llevarse la recaudación del *Señor* o si hay algo más. Supongo que la habrán interrogado y que a ti no te costará hacerte con sus respuestas...

Tenía el cuerpo algo inclinado, apoyado en la puerta. Se irguió.

—Ya.

—Puedo echarte una mano con los subasteros —procuré un

tono campechano de voz, buscando una salida honrosa si él no estaba de acuerdo con el trato—. Ese es tu problema, ¿no es eso? Tengo mis contactos.

Afirmó levemente con la cabeza, mirando hacia otro lado, cerró la puerta del coche y se encaminó al hotel.

17

Dejé el hotel unos minutos antes de la una, a la mañana siguiente. Tenía una cita con los dueños de la nave, en San Justo, para renovar el contrato de arrendamiento. El contrato era de un año y le faltaba sólo un mes para caducar.

Me había quedado sin chicas, no tenía clientes, no tenía reservas en mi cuenta bancaria, ni crédito. Y un contrato a punto de espirar.

Empezaría de cero. De Cero. A pesar de Brazos y Piernas. Como otras veces. Miraría serenamente a mi alrededor y respiraría hondo, luego comenzaría a moverme.

Contrataría chicas, haría pedidos, sonreiría a los clientes, les contaría chistes, prepararía los aparejos, bajaría al río, dormiría... Haría lo que sabía hacer, como siempre, nadie me apartaría de mi camino.

Todo porque a las once me había despertado el timbre del teléfono.

—¿Sí?

—¿Pequeño? —era la voz de Doctor Temple.

—¿Todavía no te has acostado?

—Yo no me acuesto, pequeño. Coge el recado: mañana, a las once, notario, Herrera, el siete de la calle Arévalo. Tú estarás allí.

—¿Y tú?

—Estaremos los dos.

—¿No era yo el encargado de buscar ese notario?

—Es un favor que te hago. Firmaremos unos papeles.

—Ya no nos basta con la palabra, qué tiempos. Por cierto, tengo algo tuyo.

—¿Qué?

—Una pistola. La perdiste por ahí.

Silencio. Luego.

—No te equivoques, pequeño, eso no va a quedar así. Falta una segunda parte.

—¿Podré verla?

—Tendrás tu papel.

Y colgó.

Los dueños de la nave, con los que me las tenía que ver, eran tres hermanos octogenarios, sacados del Museo de los Horrores. Actuaban al unísono en su papel de Dueños del Escorial, en ése o en cualquier otro negocio. Me habían advertido ya, personalmente, por teléfono y en seis cartas, que no pensaban renovarme el contrato, que tenían grandes proyectos para la nave, que un par de reyezuelos les habían suplicado que se la alquilara... Pero aquella negativa no quería decir nada, tampoco me la habían querido alquilar hacía un año, cuando respondí a su anuncio. Tenían en San Justo un negocio de distribución de mercancías varias a supermercados.

Gasté saliva con ellos durante una hora, sentado en una silla de respaldo recto que me planchaba el espinazo obligándome a echar la cabeza hacia atrás para dejar salir las palabras.

Toda aquella palabrería fue en vano, no logré convencerlos. Que no esperaban que yo fuera a montar un bar de chicas en su querida nave, que eso no era lo convenido, que ellos, cuando niños, habían correteado por aquel lugar... Tenía un mes para despejar. Aquella negativa me puso quisquilloso:

—O sea, que piensan alquilar la nave por más dinero, ¿no es eso? Pues se equivocan. Hay demasiada humedad ahí. Está mal comunicada, amenazada por las crecidas del río; por las juntas del tejado entra el agua, cuando llueve se quedan atascados los coches en el aparcamiento de arcilla; la estufa es sólo de leña; hay ratones, ratas, ratas grandes... —tomé aire mientras separaba las manos. Los tres hermanos habían comenzado a mover la cabeza, al unísono, a derecha e izquierda—. Me queda un mes de arrendamiento. Estoy seguro de que lo pensarán mejor, el terreno no valía nada cuando me la alquilaron, ahora ha subido de precio gracias a mi mesón, la gente sabe ahora que ese terreno existe...

Fue inútil. Los tres hermanos se levantaron, me dieron la espalda y desfilaron, uno tras otro, cuchicheando y dejando la puerta abierta.

A mis múltiples problemas había añadido el de echarle una mano a Rico, el policía. A cambio de muy poco, o de nada. El poli parecía tener su agenda de problemas también repleta.

Mis contactos con el mundo de los subasteros era difuso. Tenía una vaga idea del asunto: una docena de tipos se repartían las subastas de los juzgados, hacían una única oferta al mínimo y luego, reunidos en un bar, pujaban por su cuenta. Un círculo cerrado donde sería difícil penetrar.

Sólo conocía a un fulano perteneciente a tan restringido club, además del gitano Vargas. Un tal Largo Pozas, el dueño de una gasolinera en el cruce de Monegre y Arquera, que de vez en cuando aparecía por el *Bambú* buscando a Nélida; el tipo, por alguna razón misteriosa, estaba encaprichado con la chica.

Así que puse rumbo hacia la gasolinera. Me acordé de mi cita al día siguiente con Doctor Temple. Mi única intención acudiendo a aquel notario era poner mi rúbrica en un contrato sin valor, para ganar tiempo.

Crucé Arcas y San Segundo. Hacía un buen día, sin nubes, aunque soplaba norte y la temperatura había descendido unos cinco grados. La caña tendría que esperar, o quizás el sábado me decidiera a bajar al río a entregarle mi tarjeta a algún lucio. Salí a la 632, me desvié en Lemos, conduje un par de kilómetros y tuve a la vista la gasolinera de Pozas.

Aparqué junto a la bomba de aire. No había ningún coche repostando. Los dos empleados de mono verde estaban contando calderilla junto a un surtidor. A Largo Pozas no se le veía por allí.

Entré en la oficina al recordar que su costilla no se separaba nunca de la registradora.

Allí la encontré. Es decir, tuve delante de mí a una mole de más de cien kilos de peso, un cuerpo formado por grandes bolsones de masa blanda superpuestos, coronados por una cabecita de rostro enrojecido y voraz. Se encontraba encajonada en un enorme sillón filipino de mimbre, ocupando la mitad de la oficina. Traté de imaginar el efecto que causarían en Largo Pozas el pellejo y los huesos de Nélida.

A mi pregunta sobre dónde podía encontrar a su marido, la mole me regurgitó que en El Rodeo, si no en el Extremeño.

Subí al coche de nuevo y regresé a Herrera.

Pregunté por Largo Pozas en El Rodeo y luego en el Extremeño, pero no le habían visto en ninguno de los dos bares. Alguien me dijo que en el Lonja.

Eran ya las cuatro.

Pasé por el Lonja y me dijeron que Largo Pozas había estado comiendo allí pero que había ido a la gasolinera.

Resoplé un poco y di media vuelta para regresar al cruce de Monegre y Arquera.

El panorama en la gasolinera había cambiado, pero no en el sentido que yo hubiera deseado. Ahora, además de los dos empleados de mono verde que atendían los surtidores, estaba Calva, con el uniforme de guardia, remoloneando junto a la bomba del agua, con las manos en los bolsillos y un pitillo apagado en la boca. El Mercedes de Doctor Temple estaba aparcado delante de la puerta de un chiringuito de ladrillo, a unos veinte metros de la gasolinera; la puerta del chiringuito estaba entornada. Si el Mercedes había estado antes allí, yo no había reparado en él. Pensé en coger la escopeta pero, si la sacaba del coche, antes de dar dos pasos me tomarían por un atracador.

Calva no me miró, como si mi Renault y yo fuéramos invisibles. Bajé del coche y no le dije nada, no tenía idea de qué podía estar haciendo allí.

Entré de nuevo en la oficina. Largo Pozas no había regresado. Continuaba sola la mole, encajonada en su sillón, delante de la registradora. Aquella mujer nunca se movería de allí, el día de su entierro tirarían un tabique y la sacarían con una grúa, el sillón de mimbre desaparecería con ella.

—¿Y su marido?

—Grrr... grrr... Ya te dije que no está aquí... Grrr... ¿Qué quieres?

Le costaba hablar, también respirar, seguramente tenía que dedicar parte de su diminuto cerebro a concentrarse en hacerlo.

—Hablar con él.

De su garganta escaparon un par de sonidos roncos; luego vi elevarse pesadamente un enorme muñón rosado con algunas protuberancias que debían ser los dedos. Un llavín golpeó la luna que comunicaba con los surtidores. A través del cristal vi a Calva acercándose solícito.

—¿Es su guardaespaldas?

Un par de ojitos agazapados me miraron con avidez antes de que los pliegues de la carne aceitosa se cerraran sobre ellos.

—Soy el dueño del *Bambú,* es un club. ¿Ha oído hablar de él?

—Grrr...

—¿Ha oído hablar de Nélida?

Su boquita redonda se abrió un poco, como si fuera a chupar un hueso. No me contestó.

—Pues es fácil que oiga hablar de ella. Escúcheme con atención y grábese lo que le voy a decir: dígale a su marido que se tome un respiro en las subastas, que no apriete tanto a Vargas. ¿Me oye? Añada que es un mensaje del primo de Nélida.

Oí la puerta de la oficina abriéndose a mi espalda.

—¿Qué pasa?

Era la voz de Calva.

—Grrr... Que se vaya —ordenó la mujer.

Me volví. La mirada de Calva y la mía se encontraron, de momento neutras.

El amigo Calva, ¿qué coños estaría haciendo allí?

—¿Haciendo horas extras? —le pregunté.

—Son amigos míos —me respondió, indicando con su tono que Novoa y él no se encontraban en el mismo bando—. Pero yo te estaba buscando a ti.

—¿Ah, sí? ¿Para qué?

No me pareció que hubiera ninguna cuenta pendiente entre nosotros. El me había salvado la vida y yo le había invitado a un par de cervezas.

—Tú mañana no vas a ningún notario.

Vaya. ¿Qué era eso? Yo al día siguiente no iba a ningún notario. Parecía una orden, casi una amenaza. Sin embargo fingí tomarlo sólo como un mensaje, aunque no comprendía qué pretendía con aquello.

—¿Cómo? ¿Tu jefe ha cambiado de idea? ¿Está ahí? —indiqué con la cabeza hacia el chiringuito.

—¡Yo no tengo jefe! —saltó crispado—. ¡Tú mañana no vas a ningún notario, porque lo digo yo!

Le estudié. El rostro que tenía delante reflejaba ira, a duras penas contenida. Incluso parecía peligroso. ¿Por qué?

—¡Fuera... cabrón!

Era la mole de carne quien ahora había intervenido.

Yo casi le debía la vida a Calva, no estaba muy seguro de cómo había actuado aquella noche en el *Bambú* durante el ataque del sordomudo, pero existía un término medio si se ponía bruto —ahora llevaba la pistola en la cadera—: podía, por ejemplo, clavarle el codo en las costillas, o pegarle un punterazo seco en la rótula, o podía emplear el pesado cenicero de cristal que había sobre la mesa... Podía hacer un montón de cosas, pero, de momento, lo cierto era que la deuda contraída con él me agarrotaba un poco.

—Dígaselo —dije, dirigiéndome a la montaña de carne, sin mirarla—. Dígale a su marido que deje en paz al gitano Vargas, que no le presione. Que juegue limpio. Recuérdele el nombre de Nélida.

—¡Fuera! ... ¡Cabrón!

Me incliné sobre la mujer.

—Né-li-da.

—¡Hijo... grrr... de puta!

Calva me cogió por el cuello de la chaqueta y tiró de mí hacia atrás.

Mi mano tropezó con el cenicero. La acción brusca de Calva desbloqueó mi mente. Me sentí lleno de energía y con gran claridad de ideas. Mi mano trazó un gran arco estrellando el cenicero en la jeta del guardia.

Este retrocedió hasta la pared, doblado por la cintura y berreando como un ternero. La gorda comenzó a gritar y a golpear la luna con el llavín como si la estuvieran atracando. Dejé el cenicero sobre la mesa y salí de allí.

Había un par de coches y un camión repostando. Me detuve en el vano de la puerta, tranquilo. El Mercedes se había ido, la puerta del chiringuito estaba cerrada. Fui objeto de media docena de miradas, de momento neutras. Procuré que vieran que llevaba las manos vacías. Luego crucé entre ellos, sordo a los gritos a mi espalda. Subí al coche y me esfumé.

18

Llovía.

El cielo se había cubierto súbitamente, entre las cuatro y las cinco, y, media hora después, comenzó a llover.

La lluvia tamborileaba en la uralita convirtiendo la nave en una gran caja de resonancia. Si silbaba, allí dentro, detrás de la barra, con los brazos apoyados en el mostrador, sería incapaz de oír mi propio silbido.

Sólo estaba encendida la bombilla de 25 sobre la caja. El resto de la nave se encontraba en penumbra. Tenía la sensación física de que la lluvia disolvía el *Bambú*.

No podía oír a los ratones correteando, sus carreras se fundían con el redoblar de la lluvia. Pero, si prestaba atención, vería el brillo de sus ojitos contemplándome en la oscuridad, detenidos un instante, haciéndose preguntas; si apagaba la luz y la encendía, los encontraría sobre la barra, o entre las botellas, o empinando el codo en un vaso.

La estufa estaba apagada así que hacía frío. Debía encenderla. Sí. Debía cortar leña y encender la estufa. Debía dar las luces, ordenar las banquetas, colocar los ceniceros, salir a la puerta y palmear llamando a los clientes. Debía permanecer detrás de la barra, con las manos a la espalda, la barbilla levantada y una sonrisa abierta en los labios, y esperar a que se abriera la puerta y apareciera algún cliente, para darle las buenas noches, permitirle ocupar un taburete, ponerle un posavasos y, en tono cálido, preguntarle si iba a ser lo de siempre. Es lo que haría en cuanto me sirviera copa.

Teníamos goteras. Humm. Una, dos, tres... formaban pequeños charcos en el suelo.

Bueno, un trago. Oh, no, nunca durante el trabajo, yo no bebo, amigo. Sobre todo con testigos. No, también ellos se han marchado. Bueno, un trago, ¿por qué no?

A eso de la una, con unos cuantos tragos de más, encendí la estufa, di todas las luces, coloqué latas debajo de las goteras, cerré la puerta con llave y corrí hasta el coche.

Encontré a Rico en el *Señor,* ocupando un taburete en un extremo de la barra. Estaba solo, tenía la mirada enterrada en un vaso de cerveza.

La Mona estaba sentada a una mesa, con otras dos chicas y tres clientes encopetados. Sobre su mesa había un par de cubos con botellas de champán.

—¿Cómo va eso?

Rico se limitó a girar levemente la cabeza hacia mí. Me pareció que movía los labios pero no oí ninguna respuesta a mi saludo. Me hubiera impresionado mucho oírle preguntar cómo me iba en la vida.

Luque se situó delante de nosotros.

—¿De nuevo el señor por aquí? —dijo, apoyando las dos manos, la punta de los dedos sólo, en el borde de la barra—. ¿Puedo servirle una copa? ¿algo suave quizás?

—Será lo mejor. Sé lo que les sucede a los que se pasan de la raya. Cerveza también.

Luque se fue a por una cerveza.

Permanecimos callados. Uno sentado al lado del otro. Por una vez no sería yo quien iniciara la conversación. No le comentaría nada de Largo Pozas hasta que él no demostrara tener interés por el asunto.

Pidió otra cerveza. Cuando se la sirvieron bebió un sorbo y habló:

—Esa chica... esa tal Beba... no sabe nada. No vio nada.

—Ya —me quedé mirando hacia la mesa donde se encontraba la Mona. Uno de los tipos había pasado el brazo por su hombro—. Eso quiere decir que sólo la detuvieron por el robo de la recaudación. ¿Por qué no detuvieron también a su amiga?

—No la encontraron... Fueron los guardias de San Justo.

—¿Fue allí donde denunciaron el robo?

—Sí.

El club *Señor* se encontraba en Herrera. Herrera tenía policía municipal y cuartelillo propio.

La Mona había cogido la mano del fulano y se acariciaba con ella la mejilla.

—Pusieron la denuncia por la mañana y el robo fue la noche anterior —comenté—. ¿Existió alguna razón especial para hacerlo tan tarde? ¿sabes algo de eso?

Volvió la cabeza.

—Olvídate de ella. Ella no tiene que ver en el asunto.

—¿Cómo lo sabes?

Enterró de nuevo la mirada en el vaso.

—... No es su estilo.

—Ella sabe lo que quiere y como conseguirlo, ¿no es eso?

—Sí.

La conocía bien. Me hubiera gustado saber qué había entre los dos. Y también qué había ocurrido para permanecer aquellos dos años sin verse. Me dio por pensar si el asunto de las subastas sería un pretexto suficiente para viajar hasta allí.

Bebí un sorbo de cerveza. Los seis ocupantes de la mesa del champán se reían.

—Yo también me he movido un poco por ahí —dejé caer—. Pero quizás no haya sido tan eficiente como tú... ¿Es importante para ti ese asunto de las subastas?

—Olvídalo.

—¿Cómo? Un trato es un trato, no quiero estar en deuda contigo.

—No tienes ninguna deuda... Me han retirado del caso.

—¿Qué ha pasado?

Así que le habían retirado del caso. Mi actuación en la gasolinera no podía haber causado un efecto tan rápido.

No me contestó, se limitó a dar una calada suave al pitillo.

—¿Qué pasó? —le pregunté de nuevo.

El poli levantó la cabeza, sonriéndose.

—Nuestro amigo Vargas no está satisfecho con mi trabajo. Ha marcado el número del comisario —me golpeó camaraderilmente en el brazo, por primera vez le veía asomar fuera de su madriguera—. No, amigo, las cosas a ti y a mí no nos están saliendo bien últimamente.

¿Estaba borracho? No lo parecía. Las cosas no nos estaban saliendo bien últimamente, ¿de veras? ¿a qué se refería? No al asunto de las subastas, eso le traía sin cuidado. Ah, claro, su tono había sido camaraderil, se refería sólo al *Bambú*. Su sonrisa se hizo más franca, pero continuaba sonriéndose a sí mismo.

—¿Qué vas a hacer? —me preguntó.

—¿Qué puedo hacer? Tengo hora mañana en un notario para formar una sociedad en la que lo pierdo todo y no gano nada. Pero me proporcionará un cierto margen de tiempo, lo necesario para aclarar mis ideas. Quiero reabrir el club, buscar chicas y encargar suministros. Es mi trabajo.

Levantó el vaso.

—Suerte.

No había sarcasmo en su voz, ni su tono era siquiera docente, simplemente aquella noche se le había soltado algo la lengua.

Los tipos del champán se levantaron. Vi la mano de la Mona recibiendo unos cuantos billetes. Los labios de los fulanos recibieron los besos de ésta. La manosearon un poco; ella tiró de las orejas a uno de ellos y los volvió a besar a todos. Era el patito feo del grupo, sin embargo éste giraba a su alrededor, si se alejaba un poco comenzarían a piar abandonados.

Los tres fulanos y las otras dos chicas se largaron. Cuando la Mona cruzó a nuestro lado, dejó caer:

—¿Conspirando?

—Resolvemos acertijos —contestó Rico.

—¿Acertijos?

La Mona se entretuvo hablando con Luque. Con un bolígrafo entre los dedos estudió lo que parecía ser una factura.

Nuestras copas se llenaron de nuevo.

Al fin, la Mona regresó donde nosotros.

—¿Puedo resolver acertijos yo también?

Hizo la pregunta mirando hacia la sala, comprobando si todo estaba en orden.

—Hemos terminado con los acertijos —dijo Rico, volviéndose hacia ella. Me indicó con el vaso—. A nuestro amigo no le ha gustado que denunciases el pequeño robo en San Justo, dice que hubiera sido más cómodo hacerlo en Herrera.

Le lanzaba un mensaje, previniéndola sobre mí. Era innecesario. Yo era consciente de la situación borrosa que ocupaba en la escena. La Mona se limitó a mirarme de soslayo. Rico añadió:

—Tampoco le gustó que tardaras doce horas en poner esa denuncia.

—¿De veras?

La Mona no me miraba a mí, sino a Rico, más interesada en el sentido que aquellas palabras tenían para éste que en su significado literal. Rico remató:

—Dice que es sólo por curiosidad, porque tu actuación no resulta lógica. Nuestro amigo ama la lógica.

Rico el parlanchín. Algo le había desbloqueado. La Mona me miró por primera vez, con las cejas arqueadas.

—Sin embargo lo es. Nuestro amigo desconoce los detalles. ¿A quién le apetece ir a un cuartel a las tres de la madrugada a denunciar un pequeño robo cuando ya sabe quién lo ha hecho? Un par de horas de papeleo no compensan. Es mejor esperar e ir a un lugar donde te atenderá alguien que conoces, no hay papeleo y la denuncia será más afectiva. ¿Correcto?

—Es lo que suponía —respondí.

Sí, era lógico. Pero también podía ser una excusa inventada sobre la marcha, yo mismo podía encontrar otras cien o doscientas excusas más.

La Mona se alejó. Se había producido una pequeña movida en el otro extremo de la barra, entre Luque y una de las chicas, en sordina, pero parecía tensa.

La presencia de la Mona bastó para acallar la tensión, aunque Luque se pegó a la pared, algo amohinado, mientras la chica recogía su abrigo. La Mona la observó salir.

Poco después se reunió de nuevo con nosotros. Consultó la hora y echó un vistazo a las mesas vacías y a los dos clientes que quedaban en la barra.

Permanecimos los tres en silencio. Un minuto después Rico musitó:

—Me voy mañana.

Ella le miró. Luego lo hizo de nuevo hacia la sala.

—No ha sido una visita muy larga.

—Quiero que regreses conmigo.

La Mona detuvo el movimiento que su cabeza había iniciado. Yo, por alguna razón, me puse alerta.

La Mona ordenó algo con la mano a la chica que quedaba detrás de la barra. Luego se quedó mirándola para ver si cumplía su orden.

—¿Adónde? —preguntó.

—... Donde sea.

La Mona se sonrió relajada. De su garganta surgió un pequeño ronquido antes de encararse con él.

—¿A vivir de qué? ¿A repartir entre los dos tu sueldo de policía? ¿Que deje todo esto? —resopló—. Me ha costado demasiado levantarlo, y sin ayuda de nadie.

—Quiero que vengas, todavía eres mi mujer.

Oh, vaya, su mujer. Así que su mujer. Estaban casados. Entonces todo encajaba algo mejor.

Había determinación en las palabras de Rico.

—¿De veras? —le replicó la Mona con voz dura y aguda. Se dirigió a mí, en tono sarcástico—: Me quiere. El otro día me dijo que todavía me quiere. Es la primera vez que se lo oigo decir, ¡la primera vez! Sólo dos jodidas palabras. Pero no es a mí a quien quiere, ¿sabes lo que quiere? —se indicó el chumino con el índice—. Esto, esto es lo que quiere, esto le vuelve loco. No, no un coño cualquiera, sólo el mío, el coño de la Mona, el resto no le interesa —se rió muy relajada, satisfecha. Se volvió hacia él—. Aquí lo tienes, todo lo que quieras. Quédate y tendrás tu pequeña ración cada día. Pero si quieres que vaya detrás de ti, tendrás que ofrecerme algo más que tu sueldo de policía. ¿Sabes? ¡Esto, esto —se indicó el coño con las piernas abiertas y las caderas hacia adelante, ahora crispada— vale mucho más!

—Eso se puede arreglar.

—¿De veras? ¿Se puede arreglar? ¿Sabes lo que vale? —se estaba poniendo histérica, era la primera vez que la veía perder el control— ¿sabes lo que vale esto?

Bufó. Se alejó hacia el otro extremo de la barra, crispada y tensa. De debajo de una carpeta sacó unos papeles y regresó estrujándolos en la mano.

—¡Veinte kilos! ¡es lo que vale! ¡veinte kilos! —gritó agitando los papeles—. ¿Qué te parece? ¡Veinte kilos es lo que tengo que poner mañana sobre una mesa! ¿Los tienes? ¿los tienes tú?

Arrojó los papeles sobre el mostrador y los golpeó con la

palma de la mano. Luego rodeó la barra y, mecánicamente, muy crispada, se puso a ordenar banquetas.

—¡Vete mañana a las once a *La Esfinge* si los tienes, sino no vayas, no me sirves! ¡Se quién me los va a ganar, el de siempre! ¡éste! ¡él sabe ganarlos! —hablaba de su sexo como si fuera un personaje con vida propia, competente y sacrificado—. ¡Puedes venir por aquí a tomarte una copa cuando quieras, pero, me cago en tu puta madre, no vuelvas a decirme que me vaya contigo y con tu sueldo!

Dio media vuelta y desapareció por una puerta. La chica y Luque no miraban hacia ninguna parte. Los dos clientes habían olvidado que tenían una copa en la mano.

Rico permaneció en silencio durante un par de minutos, fumando y con la vista enterrada en la barra. Por fin se deslizó de la banqueta y se largó sin abrir la boca.

Yo tenía un pitillo a medio consumir entre los dedos. Di una calada. Mi vaso estaba todavía empañado así que la cerveza se conservaba fría. Podía disfrutar de las dos cosas durante unos minutos, del pitillo y de la cerveza, esperando que mi despedida y salida del club no tuvieran ninguna vinculación con la escena que acababa de presenciar.

Fue lo que hice. Dejé transcurrir unos minutos. Luego di las buenas noches y me fui.

19

Me tocó esperar. Diez... veinte minutos... media hora... Nos habíamos citado en un notario, íbamos a firmar papeles, a constituir nuestra pequeña sociedad. Doctor Temple creía en los papeles. En La Letra Impresa. Eso un tipo criado en una alquería, un fulano que, al llegar a la ciudad, se había sentido orgulloso al comprobar que necesitaba gafas.

No le había dicho, y no entraba en mis planes decírselo, nada sobre la cancelación del contrato de alquiler de la nave. A final de mes las cuatro paredes de bloques estarían ya alquiladas, o vendidas, a otro negocio, con el Doctor Temple y su pequeña sorpresa. Y el socio Novoa en primera fila.

Una secretaria madura escribía a máquina. Se oía el tlac, tlac y un zumbido. De vez en cuando levantaba la mirada hacia mí pero no me veía, veía sólo otro teclado.

Aparecieron a y cuarto. Doctor Temple y Albano, éste de uniforme y con tricornio. El joven Vargas y Calva estaban fuera de combate.

—¿Eh, mierdecilla? —fue el saludo de Albano quitándose el tricornio. Todavía se sentía humillado.

—¿Lo has pensado ya? —me preguntó Doctor Temple.

—Sí, lo he estado pensando durante toda la noche, no he pegado ojo.

—Bien hecho.

Se acercó a la mesa de la secretaria y golpeó con el dedo un par de veces en el tablero para llamar su atención.

—Y he llegado a la conclusión —añadí— de que seremos socios al cincuenta por ciento, mitad y mitad, ¿qué te parece?

—Nos hemos retrasado, enano —contestó, sin volverse, ignorando mi propuesta—, porque nos hemos demorado buscando a tu amigo, no al sordera, tu amigo el que habla. ¿Dónde se mete?

Su tono había sido duro, quizás su mirada también.

—Birlando pistolas por ahí. ¿Nos dedicamos a los negocios o hablamos de amigos?

Se volvió. Endureció aún más el tono:

—Díle que le voy a encontrar, ¿eh, enano?

—Díselo tú. Al cincuenta, lo tomas o lo dejas.

—Tendrás tu treinta, eso ya está hablado. ¿A qué esperamos? —golpeó la mesa de la secretaria con la palma de la mano.

Yo no sabía con quién lo había hablado, conmigo no. Un treinta de mi propio negocio. Novoa ponía el local, las chicas, la bebida y su esforzado trabajo, y le queda un bonito treinta por ciento, ¿por qué protesta?

—El cuarenta y cinco —le repliqué.

—Tengo mis planes. Te subiré hasta el cuarenta, aunque no te lo mereces —le habló a Albano, inclinando la cabeza sobre el hombro—. ¿Se lo merece?

—No, es un mierdecilla —respondió Albano.

—Y no nos vamos a quedar ahí, enano —añadió Doctor Temple sin escucharlo—, vete pensando en una ampliación.

—¿Un gran casino?

No pudo disimular una sonrisa fugaz.

—No te pases de listo.

—No soy nada listo. Ni siquiera sé detrás de qué andas. Ni siquiera he comprendido tu interés por el *Bambú*. Puedes abrir algo mejor en el solar de al lado y llevarte toda la clientela.

Me estudió con la expresión vacía.

—Sólo porque me caes bien.

La secretaria nos indicó con la mano que podíamos pasar.

—¿Cómo vamos a llamar a nuestra pequeña sociedad?

—... Club *Los Dos Socios* —contestó, encaminándose hacia la puerta que había indicado la secretaria. Se volvió en el vano—. Y cuando acabemos aquí nos vas a decir de verdad dónde para tu amigo el poli.

—Creo que se ha ido.

—¿Adónde?

—A su pueblo. ¿Te han prestado otra pistola?

La secretaria nos hizo señas de que nos apresuráramos.

El notario estaba atendiendo una llamada de teléfono y nos hizo esperar unos minutos. Luego estampamos nuestra firmas en un documento que nos hacía socios, si hubiera habido algo para asociarnos. Albano firmó como testigo, escribió su nombre con la punta de la lengua atrapada entre los dientes.

Habían atracado un banco. Acabábamos de salir del notario cuando nos llegó la noticia. Allí mismo, a la vuelta de la esquina.

—¿El Banesto? —le pregunté a un tipo.

—Sí.

Era mi banco. Esperaba que no se hubieran llevado todo el dinero. Me dirigí hacia allí.

Un par de coches Z hacían guardia delante de la puerta del banco. Tres o cuatro policías de uniforme, con las manos en las caderas y una expresión dura en el rostro, cortaban el tránsito de jubilados por la acera. Un par de polis de paisano hablaban con los empleados del banco, que se habían asomado a la puerta para contemplar la huida del atracador y narraban, excitados, los detalles del atraco.

—¿Cuánto se han llevado? —le pregunté al chupatintas que me atendía habitualmente, esperando que se acordara de mí.

—¡Todavía no hemos hecho el arqueo! ¡Joder! ¡Un tío! ¡En un visto y no visto!

—¿Un tío solo? ¿No estará mi dinero entre lo que se ha llevado?

—¡Hay que echarle cojones! ¡Hay que joderse!

—¿Drogata?

—¡¡No!! ¡Un tipo maduro! ¡Un padre de familia! ¡Con una pistola de verdad!

No le pregunté cómo sabía que era de verdad.

—¿El no lo era?

—¿Cómo? ¡Sí, sí, él era de carne y hueso!

—¿Unos cincuenta?

—¡Sí, sí! ¡algo así! ¡Hay que joderse! ¡Tiene cojones!

—¿Pelo gris?

—¡Sí, sí! ¡pelo gris! ¡Me cago en Dios!

Una idea había acudido a mi mente, de momento era sólo una idea.

—¿Rostro cubierto, claro?

—¿Eh? ¡No, no! ¡a pelo, el tío, a pelo! ¡con cazadora azul! ¡Hay que echarle cojones! ¡Un profesional, un profesional el tío! ¡Me cago en su puta madre! ¡Frío como el hielo!

Rico.

Dios santo.

Cogí el coche y conduje hasta el hotel Florida.

Rico no se encontraba en su habitación, ni en ningún otro lugar del hotel, no le habían visto en todo el día por allí.

Durante una hora estuve dando vueltas por las calles de Herrera, circulando a cuarenta por hora. La descripción que tenían de Rico era buena, no podía ser de otra forma, el pollo no había utilizado ningún disfraz, ni siquiera había dado vuelta a la cazadora; no podía andar a la vista por ahí. ¿Por qué lo habría hecho? ¿necesitaría dinero? Quizás era sólo un pretexto para no alejarse de la Mona. Ah, no, ¿pero qué estaba diciendo? ¡lo había hecho por ella!

Aparqué de nuevo delante del banco.

Acababan de reabrir. Entré y me acerqué al mostrador donde se encontraba mi informante de hacía una hora. Cogí un impreso y comencé a rellenarlo.

La atmósfera era tranquila, sólo dos policías de uniforme en la puerta rompían la rutina de cada mañana.

—Así que un tipo maduro.

El chupatintas me miró interrogante. Ah, sí, su cerebro se despejó al reconocerme.

—Sí, maduro. El tío. Con el pelo gris, rizado. Cazadora azul, pero seguro que ya la ha tirado por ahí. Me gustaría saber en qué se lo gasta.

—En un plan de jubilación.

—¡Eso estaría cojonudo!

No quise preguntarle qué cantidad se había llevado, seguramente estarían todavía haciendo el arqueo y luego la maquillarían un poco.

Me hubiera gustado conocer la cantidad exacta. Si no había conseguido los veinte kilos lo más probable es que estuviera dando otro golpe por allí cerca, quizás en el BBV, o en el Santander.

Estaba loco. El pobre tipo se había vuelto loco. Quizás ya lo estaba cuando había pedido aquel destino. O quizás mucho antes. Sí, el día que se casó con la Mona ya estaba loco. Por una chica. Por un montoncito de carne y huesos, por un rostro de macaco con pelo de rata. Y una registradora caníbal entre las piernas.

Empleé parte de la tarde buscando a Rico. Lo hice en el hotel, por los bares, en la penumbra de las iglesias, en el cementerio de coches. ¿Qué clase de vida llevaba el poli cuando no abofeteaba palurdos o atracaba bancos? Quizás se metía en el cine, o en una iglesia, o se sentaba en un banco del parque a ver jugar a los niños.

El mundo real eran aquellas aceras llenas de gente, el tráfico, los cruces con semáforo, las furgonetas en doble fila y las motos culebreantes. No lo era consumirte esperando en un bar vacío. También era real Rico escondido en cualquier parte con su dinero. ¿Sería suficiente? ¿habría recaudado lo suficiente? ¿cuánto se habría llevado? Quizás ahora se encontraba echado sobre los billetes y fumando en una cama en una pensión barata, esperando a que abrieran de nuevo los bancos.

Recorrí San Justo, Arenal y Cuadras. Pregunté en hoteles y pensiones. Estuve en la estación de Herrera y en las terminales de autobuses de Arenal y San Justo. Me entrevisté con el viejo Vargas que no quiso abrir la boca. Pasé tres veces por el Florida y las tres veces me dijeron que Rico no había aparecido por allí. Llamé al piso de la Mona pero no cogieron el teléfono.

El *Señor* abría a las siete. Seguramente la Mona se encontraba allí y Rico no estaría demasiado lejos, si es que había conseguido el dinero suficiente para reunir el valor para mirarla a los ojos.

La Mona no había aparecido. Estaban Luque y las cuatro chicas, haciendo guardia detrás de la barra. De Doctor Temple sólo me dijeron que no sabían quién era.

Fui al *Bambú*. Calva esperaba junto a la puerta, con la espalda apoyada en la pared y un pitillo en los labios. Un esparadrapo le cubría la nariz, tenía un ojo violáceo. Vestía de paisano. ¿Qué estaba haciendo allí? Doctor Temple no me había advertido que me lo iba a enviar, no habíamos quedado en nada. ¿Buscaría camorra? Ninguna de las chicas se había presentado.

—¿Dispuesto a trabajar? —le pregunté. Le tendí la mano—. ¿Sin rencor?

No me contestó. Tampoco me dio la mano. Lo mejor sería no olvidar que no debía darle la espalda.

No sabía si el recado que había enviado a las chicas les habría llegado. Ninguna excusa, ni nada. A Nélida no la habían localizado.

Las latas que había colocado bajo las goteras rebosaban agua, pero ya no llovía. La estufa estaba llena de ceniza y no quedaban astillas en el cajón. Necesitaba el hacha. ¡Cuidado! No, mejor sería trabajar con el abrigo puesto.

—Te enseñaré como funciona el club —le dije a Calva que se había quedado plantado en el vano de la puerta—. Los clientes aparecen a eso de las siete y media. Vienen a tomarse una copa y a olvidarse de los problemas, sobre todo a eso, recuérdalo, no les causes tú nuevos problemas. A esa hora piden cosas sencillas, una cerveza, o un whisky barato, todo lo más un gin-tonic, no olvides la rodaja de limón. No tenemos cafetera, por lo tanto no servimos café. Pon siempre vaso cuando sirvas una cerveza, aunque el cliente diga que no lo necesita, detalles como ése marcan la diferencia, ¿comprendes?

El tipo permaneció impasible, escuchándome rígido, con expresión de no ir a sacar un botellín del frigorífico en su vida.

—¿Vamos a trabajar sin chicas?

—Ya llegarán.

—¿Las va a traer tu amigo?

—¿Qué amigo?

Inclinó la cabeza en dirección a Herrera.

—Ese que saca dinero de la cuenta con una pistola.

Vaya. Así que lo sabían. No podía imaginar cómo se habían enterado.

—Ese amigo mío tendrá un nombre, ¿cuál es?

Una pregunta demasiado simple, aún para el cerebro de Calva. Sin embargo dijo:

—Aunque quizás ya no pueda.

—¿Por qué?

—Quizás no se ha escondido lo suficiente.

—Quizás.

Rico era policía, conocía perfectamente los trucos de sus colegas, no les resultaría tan fácil dar con él.

Di las luces, me situé detrás de la barra y crucé los brazos. Levanté la barbilla y esperé. Esa era la médula de mi trabajo: esperar.

Calva se sentó en una banqueta, sacó la cajetilla y encendió un pitillo.

Las ocho. Ningún cliente. Calva se había fumado tres o cuatro pitillos. Yo había bebido una tónica. El aparcamiento vacío. El zumbido del tráfico en la general. Viernes. No habíamos cruzado ninguna palabra.

Las nueve. Continuaba sin aparecer ningún cliente. Tampoco ninguna de las chicas. Salvo a Nélida, al resto estaba seguro de que les había llegado mi recado. La lluvia había vuelto y una gotera comenzaba a marcar su ritmo.

—Bien —le dije a Calva, descruzando los brazos—. Repón algunas botellas y limpia un poco por ahí. Luego te puedes largar. Vete al cine, no se lo diré al jefe. Será suficiente con que vuelvas por aquí a la hora de cierre, a eso de las tres.

Se quedó mirándome, crudo.

—¿Qué es eso de que se lo vas a vender?

—¿Vender? ¿el qué? ¿a quién?

Se refería al *Bambú,* eso ya lo sabía, pero no por qué me hacía esa pregunta, y menos en aquel tono. Entonces recordé su rollo en la gasolinera antes de que le atizara con el cenicero.

—¡Esto! ¡Esta mierda! ¡Tú no se la vendes a nadie!

—¿El club? ¿te refieres a este club? ¿a estas cuatro paredes? ¿Por qué no? ¿tienes alguna oferta que hacerme?

Yo estaba un poco confuso: la gente hacía cola para comprarme el *Bambú* y de pronto aparecía alguien que no quería que lo vendiera.

—¡No necesito tener ninguna oferta! ¡Tú no se lo vendes a ése!

—¿Quién es ése?

—¡Tú no se lo vendes!

Me miraba con los dientes apretados. Yo continuaba sin comprender.

—Tu consejo me llega un poco tarde, ya he firmado los papeles con *tu jefe*. ¿No te lo ha dicho? ¿No te cuenta sus asuntos *tu jefe*? ¿no confía en ti?

—¡Enano cabrón! —apretó más los dientes, también los puños. ¡Cuidado!—. ¡Yo no tengo ningún jefe!

Yo me encontraba al otro lado de la barra, casi al fondo, con la cachiporra detrás de la canilla de la cerveza, a unos dos metros de mi mano. Miré de reojo hacia allí.

—¿No? ¿Entonces qué estás haciendo aquí? ¿no te ha mandado él? Tenemos un contrato él y yo, ¿no lo sabes? un notario lo guarda en su caja fuerte. ¿Por qué no quieres que se lo venda? ¿es sólo a él, o a ningún otro? Has dicho que no tienes ninguna oferta que hacerme. ¿Qué tiene este club para ti? ¿Te trae buenos recuerdos?

—¡Cállate!

—No puedo, has logrado ponerme nervioso. Tú no puedes tener buenos recuerdos de este club, tu intervención aquella noche no fue muy brillante, *yo lo sé*. Lo único que tengo que agradecerte es que te deshicieras del cadáver. Por cierto, ¿dónde lo enterraste? no creo que ahí detrás fuera el lugar más apropiado.

El tipo hundió la mirada en la barra, estaba muy tenso.

—Vamos, ¿me lo vas a decir? —insistí.

—Yo no lo enterré —respondió entre dientes, sin levantar la mirada.

—Ah, ¿no? ¿quién lo hizo entonces? ¿Tu jefe?

Su mirada lobuna se volvió hacia mí.

—¡Yo no tengo jefe, no hagas que te lo repita! ¡Yo soy el que manda aquí! ¡Largo! ¡Largo de aquí! ¡Y no vengas a la hora de cierre! ¡No vengas más!

Había saltado de la banqueta y, crispado, me indicaba la puerta con el brazo extendido.

—¿Me estás diciendo que no asististe al entierro? —la chispa de una idea acababa de saltar en mi cabeza— ¿qué no sabes dónde está enterrado nuestro amigo?

Era una discusión bastante curiosa, en dos horas no habíamos abierto la boca, ni había aparecido ningún cliente. Ahora las palabras salían atropelladas de nuestros labios, los dos solos allí, hablando de cadáveres escondidos.

—¡Lo enterraron ellos! ¡y es suficiente!

—Ya... Así que ellos. Déjame pensar... Eso quiere decir que tú no estabas, y tampoco sabes donde está enterrado. Se me ocurre pensar que alguien casualmente podía encontrar ese cadáver... y tú eras el único testigo... un testigo que se olvidó hablar de la muerte del sordomudo... ¿No te crearía eso problemas?

Me callé. Nunca se me había ocurrido que Calva no hubiera participado en el entierro. Así que... Tenía razón. Hasta allí había llegado con él. Pero el interés de Doctor Temple por el *Bambú* continuaba sin tener sentido para mí.

—Dame otra cerveza —me pidió.

—Que trabajes aquí no quiere decir que sea barra libre. Pago por adelantado.

Me miró. Dio media vuelta y rodeó la barra, hasta la caja. Esta estaba cerrada con llave, y sólo contenía algo de calderilla para el cambio.

Calva trató de abrirla, luego hundió la mano en el bolsillo y sacó una llave. La metió en la cerradura y la abrió.

Aquella era la llave de Curra.

—¿De dónde la has sacado?

—Me la encontré.

—¿Dónde? ... ¿Entre las vías del tren?

—No —me clavó la mirada. Me tenía acorralado, entre la estantería y la barra—, en el bolsillo de tu amigo.

—¿De mi amigo? ... ¿de Rico? —casi grité.

Por primera vez me miró con sorna.

Enganché lo que tenía más a mano: una botella. No le di. La botella tropezó contra un estante y estalló sobre su cabeza. Levantaba el brazo buscando otra botella cuando en su mano apareció una navaja. Di un manotazo al conmutador de la luz y me pegué al mostrador.

Le oí acercarse en la oscuridad, resoplando. Me eché sobre la barra y me deslicé al otro lado. El tipo me oyó porque se abalanzó sobre el mostrador, sin pensar en los posibles obstáculos.

Todo el mostrador se tambaleó, unos cuantos vasos se estrellaron contra el suelo.

Tenía la puerta a unos dos metros a mi derecha. Pero oía a Calva redeando ya la barra, tropezando, gruñendo, con la decisión que le daba la garantía de la navaja.

Retrocedí hasta la ventana y la abrí. Calva se había detenido junto a la puerta y estaría tanteando la pared buscando la llave de la luz.

Pasé la pierna por el alféizar y salté al otro lado. Cuando la luz se encendió yo corría ya hacia el coche.

Su cerebro tardó demasiado en comprender lo qué había sucedido al ver la ventana abierta. Porque yo me encontraba ya en el cruce cuando lo vi, por el retrovisor, abriendo de golpe la puerta del club y amenazar con la punta de la navaja a la hectárea de aparcamiento arcilloso que tenía delante.

Las nueve y media. Seguramente la tienda de discos ya había cerrado.

Tenía que buscarlo, saber si Doctor Temple había dado ya con él, o la policía. Las palabras de Calva me habían sonado a farol, ¿o no? No tenía sentido. Ninguno. Y hacer algo por él. Se lo debía, me había librado de una buena paliza delante del cementerio de coches. No acababa de comprender cómo la llave de Curra había ido a parar su bolsillo, antes de que Calva se la hubiera quitado, si es que aquella era la llave de Curra. No, claro que no, era sólo un farol.

La tienda estaba cerrada. Tres chicos ocupaban los escalones de la puerta. Una brasa trazó una estela rojiza a la altura de sus rostros.

—¿A qué hora han cerrado? —les pregunté, pegando la escopeta a la pierna.

Los chicos se miraron. Las luces del interior de la tienda estaban apagadas, también las del escaparate. Pero la puerta no estaba cerrada, estaba entornada y aquellos chicos esperaban allí fumando.

—¿Quién es el dueño, le conocéis?

Nuevo silencio. Al fin uno de ellos dijo:

—Un tipo...

—¿Con gafas de armadura de metal, algo chupado?

—Sí... Y una mujer.

—¿El está adentro?

Se rieron un poco, inclinando la cabeza.

—No...

—¿Y ella?

Se rieron de nuevo.

—... No... Su hija.

—¿Su hija?

Se doblaban ahogando la risa.

La puerta del chiringuito junto a la gasolinera estaba cerrada, no había ningún coche aparcado delante. Rodeé el chiringuito pero la única ventana que encontré, en la fachada posterior, tenía los postigos herméticamente cerrados. Traté de abrirla empleando como ariete la culata de la escopeta pero no lo logré.

No había ningún coche repostando ni vi por allí a ninguno de los empleados de mono verde.

Largo Pozas y la montaña de carne se encontraban en el despacho. Pozas era también gordo, pero no tanto como su costilla, ésta podría levantarlo sobre su cabeza con una sola mano sin moverse de su asiento.

La mole se encontraba encajada como siempre en el sillón de mimbre, con las rodillas separadas debido a la enorme masa de sus muslos. El estaba sentado a la mesa, husmeando en un libro de contabilidad. Sin molestarme en saludar, les pregunté:

—¿Doctor Temple, ha aparecido esta tarde por aquí?

Largo Pozas volvió la mirada, miró la escopeta que yo llevaba debajo del brazo y luego hacia su mujer. Esta era sólo un gran montón de carne sin vida. Largo Pozas se irguió.

—... Tiene la oficina ahí al lado —dijo—. Desde aquí se ve la puerta. Antes...

La mole continuó sin mirar a su marido: no lo hacía porque no era necesario.

—¿Adónde ha ido?

La mole no reaccionó en absoluto, sin embargo la respuesta de su marido tardó demasiado, demasiado tiempo para armarse de valor, abría los labios cuando la mirada de la mole lo aplastó.

—A la... Quién sabe... ¿Tú sabes dónde ha ido? —le preguntó a la mole, convertido él mismo en una masa informe. Pero la mole no escuchaba sus preguntas hacía mucho, y él no estaba acostumbrado a esperar sus respuestas. Así que—: ¿Quiere que le enviemos algún recado?

—¿Adónde?

—Oh... —el tipo se volvió de nuevo hacia la mole, ésta ya no le miraba, debía hacerlo sólo una vez cada dos o tres días. Desde la noche de bodas algo roía aquel matrimonio—. ... Dijo que iba a... a *La Esfinge*...

La Esfinge.

... Así que *La Esfinge*... Recordé aquel nombre. Claro, ¡eso era! ¿Cómo no se me había ocurrido antes? *La Esfinge*. Ese era el nombre del club al que se había referido la Mona. ¡*La Esfinge*! El nuevo club para el que necesitaba veinte millones. Por mi mente siempre había rondado la idea de que aquella era una historia inventada. El atraco al banco cobraba ahora todo su sentido.

Permanecí durante unos segundos allí, pasmado, con la mente tirando de aquel cabo, viendo como, amarradas a él, en su extremo lejano, había una serie de figuras que ganaban en nitidez a medida que se acercaban, seguro ya de que era sólo pura rutina seguir tirando del cabo para desvelarlas del todo.

La Esfinge..

Me encontraba dentro de la corriente de tráfico que se dirigía hacia San Justo, cuando me di cuenta de que para mí *La Esfinge* era sólo eso: un nombre. Nada más que eso: un nombre. ¿Dónde coños se encontraba? Había sido tan imbécil como para no preguntárselo a Pozas.

Giré en redondo y pisé a fondo el acelerador enfilando de nuevo hacia la gasolinera.

Los gordos ya se habían marchado. La puerta del chiringuito permanecía cerrada. El tipo del turno de noche no había oído hablar nunca de *La Esfinge*. Le pedí la guía de teléfonos y busqué el nombre, en la sección de clubes, bares, cafeterías... No lo encontré.

"A las once", recordaba que había dicho la Mona, mañana, "mañana a las once", de eso me acordaba bien. ¿Once de la mañana? ¿de la noche? Eran las diez, de la noche, tarde ya para los negocios normales, y un poco pronto para los que se sellan sobre una barra.

Tenía la vaga idea de que *La Esfinge* era un viejo club hacía muchos años cerrado, o un club que después de la renovación se llamaría *La Esfinge*. ¿Pero dónde coños había oído aquello? ¿dónde se encontraba? ¿en San justo? ¿en Lemos? ¿en Monegre? En Herrera seguro que no.

En el Florida pregunté de nuevo por Rico. El recepcionista me repitió que en toda la tarde no había aparecido por allí. Tampoco el tipo había oído hablar de *La Esfinge*. Cuando estaba marcando el número de información, desde la cabina, le pregunté:

—¿Alguien más por aquí preguntando por el señor Rico, esta tarde?

Era la pregunta a la que ningún recepcionista debe responder a un desconocido. Sin embargo el tipo resopló.

—Esto se ha convertido en una agencia de información.

—¿Rostro huesudo, gafas de oro...?

—Algo parecido.

—¿A qué hora?

—Acababa de encender el letrero.

Entonces alrededor de las siete. Es decir, a esa hora Doctor Temple todavía no había encontrado a Rico. Este era poli, no sería tan fácil dar con él. Entonces Calva se había tirado un farol y la llave con la que había abierto la caja no era la de Curra.

En información me dijeron que no existía ningún abonado con el nombre de *La Esfinge*.

El dueño del Daroca me informó que había oído hablar de *La Esfinge,* un club, pero que no sabía donde se encontraba. El tipo de la caja en El Rodeo me dijo más o menos lo mismo. En el *Zorongo* me respondieron igual.

Me dediqué a preguntar, aquí y allá, en todos los bares, cafeterías, tugurios, hoteles, pensiones y paradas de taxi donde por la tarde lo había estado haciendo por Rico. El resultado fue el mismo. Nadie había escuchado antes ese nombre, y, si les sonaba de algo, no recordaban de qué.

Ahora me arrepentía de no haber preguntado la dirección de los gordos en la gasolinera. Busqué en la guía el número de su casa y lo marqué. Al otro lado no contestaron.

Pregunté en todos los bares que encontré en mi camino y en los quioscos y a vendedores de tabaco suelto y de lotería, también a unos moros que organizaban una rifa en un bar. A todo el mundo le sonaba el nombre de *La Esfinge,* pero eran pocos los que podían relacionarlo con un club. Nadie sabía dónde se encontraba.

Faltaban diez minutos para las once, la hora de la cita, si es que la Mona se había referido a horas nocturnas.

Probé de nuevo en el *Señor.*

La Mona continuaba sin aparecer. Había una veintena de clientes y las chicas y Luque estaban muy ocupados, sirviendo copas y dando palique.

—¿*La Esfinge,* el nuevo club, hacia dónde cae?

—¿*La Esfinge*?

Luque se quedó mirándome, demasiado fijamente.

—Sí, el nuevo club. Quiero echarlo un vistazo, quizás me de alguna idea.

—¿Para nuestro club?

—Exacto.

—Es la primera vez que oigo ese nombre.

Luque mentía, siempre mentía, era su oficio, pero resultaba inútil ir más allá con él, el tipo no diría nada aunque le rompiera los brazos, y sólo el azar le había dictado no darme aquella información.

Fui a casa de la Mona y pulsé el timbre de la puerta. Esperé, llamé de nuevo, pero no obtuve respuesta. No sabía qué decisión tomar, salvo olvidarme del asunto y largarme a mi hotel. Pero intuía que aquella era mi gran oportunidad.

Cuando esperaba el ascensor para regresar al portal, una sombra en el rellano de la escalera llamó mi atención. Tuve la sensación de que había alguien allí, sin moverse, en silencio. Se abrieron las puertas del ascensor, alargué el brazo y, sin moverme de donde estaba, pulsé el botón de bajada. Luego me pegué a la pared.

La sombra no se movió, pero no fue necesario, adiviné que se trataba de Beba.

Me despegué de la pared y me moví media docena de pasos

hacia el rellano. Sí, era Beba. Miraba fijamente hacia el pasillo, con expresión de loca. Empuñaba un cuchillo. Avancé otro par de pasos dejándome ver.

—¿Qué vas a cortar con ese cuchillo?

No me contestó, tampoco miró hacia mí, continuó haciéndolo, cargada de tensión, hacia el apartamento de la Mona. Ni siquiera debía saber que empuñaba un cuchillo; tampoco debía haber advertido que yo me encontraba allí.

Me moví hasta situarme dentro de su campo visual.

—Yo también la estoy buscando, pero no necesito un cuchillo.

Continuó con su mirada de loca, aunque ahora era en mi cuerpo donde la tenía clavada.

—¿Te ha dejado marcharte el juez, o te has escapado?

Abatió la cabeza. Me acerqué a ella y la quité el cuchillo. No opuso resistencia. Era un cuchillo de cocina, de mango de pasta y con una hoja afilada de unos veinte centímetros. La cogí del brazo y la llevé al ascensor.

Enterré el cuchillo en un macetero del portal. Luego le pasé a Beba el brazo por el hombro.

Conduje por Cedena y Posadas. No sabía dónde llevarla, seguramente la habían soltado aquella tarde y no tenía adonde ir. Se encontraba bajo un shock, lo más probable era que hubiese tomado algo.

En Lozas y Marín comenzó a sollozar.

—... Soy una puta... una puta... una gran puta...

Oh.

—Siempre será eso mejor que veinte años de cárcel —le dije, empleando un tono de hermano mayor—. Voy a abrir otro club —añadí—. Hay un puesto para ti, ganarás algo más que en una cafetería. Bastará con que sirvas copas.

—... No quiero... no quiero... volver a aquello...

—¿Cómo? ¿Ah, te refieres al *Señor*? No es mal club. Curra encontró una plaza allí... ¿También tú?

—... No...

—¿Cómo pudiste entonces llevarte la recaudación?

No me contestó. Insistí:

—¿Te dejaban entrar? ¿te acercaste a la caja?

—... No... no íbamos... a trabajar allí...

—¿Ah, no? Ya... tuve una idea repentina—. En *La Esfinge,* ya lo sé. Ibais a trabajar en *La Esfinge,* ¿no es eso?

—... ¡No quiero trabajar allí! ¡no quiero volver a eso!

—¿Por qué no? Es algo diferente, te gustará, es un buen sitio... ¿Sabes dónde queda?

Guardó silencio. Creí que no iba a responder a mi pregunta, quizás tampoco ella sabía donde se encontraba el nuevo club fantasma. Pero musitó:

—... En... Gomar.

¡Gomar! ¡exacto! ¡Eso era! Uno de los barrios de Monegre, a ochenta kilómetros de allí. Acababa de recordar una construcción que estaban levantando junto al *Salem,* había pasado por allí alguna vez. Aquello era *La Esfinge.* ¡Al fin!

—Sí. Pero es otra cosa lo que yo te ofrezco. Ya te avisaré... ¿Qué te ha hecho ella?

No contestó. Insistí:

—Ella, la Mona. ¿Qué te ha hecho? Tú te llevaste su dinero y ella te denunció. Estáis en paz, ¿no? ¿A qué viene lo del cuchillo?

No respondió. Iba a repetirle la pregunta cuando musitó:

—... Curra...

Guardé silencio. Pero había dejado de hablar. Así que:

—¿Curra? Claro, Curra. Era tu amiga. Pero ella le dio trabajo, ¿no? ¿qué forma de agradecérselo es ése de llevarse la recaudación?

—... Ella... ella...

Nuevo silencio.

—¿Ella, qué?

—... Ella...

No logró terminar, rompió en sollozos. Me arrimé a la acera y detuve el coche. La cogí del brazo y la zarandeé.

—¿Ella, qué? ¿qué ibas a decir?

Continuó sollozando. La zarandeé con más fuerza.

—¡Deja de hacerte la loca! ¡No me gustan las locas! ¡Habla o te sacudo!

—... Ella... ella... fue... Su amigo, el policía...

¿Rico? ¿La Mona? ¿Se refería a Rico? ¿Rico?

Joder.

—Se llama Rico. ¿Qué hay con él?

—... Fue... él...

—¿El qué? ¡Vamos!

—... Él... él... la mató...

¡Hostias!

¡El la mató!

¿La mató? ¿El la mato? ¿Rico la mató? ¿a Curra? Mi cerebro estaba totalmente en blanco. No podía ser cierto. ¡Cojones! No, no era cierto. ¿Rico? ¿por un poco de dinero? No, no era cierto. No tenía sentido. La zarandeé de nuevo.

—¿Qué hay con él? No es la clase de persona que va por ahí matando a la gente por un poco de dinero, y la Mona tampoco. ¿De dónde has sacado esa idea? ¡Explícate!

No me respondió, se limitaba a sollozar. No obtendría nada más de ella hasta que no se calmara.

Arranqué de nuevo y recuperé el centro de la calzada, triturando en mi cerebro aquella información que acababa de obtener.

—¿Por qué? No tiene sentido. Eso es sólo algo que tú piensas, algo que has inventado, la Mona nunca haría eso por un poco de dinero, le bastó con denunciarlo. El tampoco lo haría, aunque se lo mandara la Mona, no, él no haría eso —me acordé de los veinte millones. Mi voz perdió consistencia—. Además ella le dio trabajo a Curra. Bueno, esa sí que es buena, ¿por qué se lo dio? ¿lo sabes tú? Curra no podía encajar en un club como *La Esfinge,* o como el *Señor.* Tú sí.

Tardó en responderme.

—... Se lo pidió él...

—¿Él? ¿Quién?

—... Doc... tor...

—¿Doctor Temple?

—... Sí...

—El se lo pidió y ella aceptó, ¿tan fácil? Así, sin más. No, eso tampoco casa con la Mona. Ni con Doctor Temple. Tienes mucha imaginación.

Entonces levantó la mirada hacia mí, por primera vez.

—... Por lo de su hermana... ¡Fue por lo de su hermana!... Eso tú ya lo sabes...

—¿Yo lo sé? Yo no sé nada, soy el último en enterarse de todo. Y tu pareces una alumna aventajada. ¿Por qué no me lo explicas de una vez? ¿Qué hermana es ésa?

—... Sa... mira...

El volante estuvo a punto de saltar de mis manos. ¡Samira! Samira. Así que Samira. ¡La Mona y Samira hermanas! Dios santo. ¡Hermanas! Recordé que la Mona era también mora, aunque no lo parecía. Claro que sí. Hermanas.

—¿Qué ha hecho Samira? ¿qué fue lo que hizo? Samira está en Marruecos.

—... Curra la descubrió... Está... escondida... en el *Señor*... Curra se lo iba a decir a Vargas... No es verdad que cogiera nada de la caja, yo menos...

Yo continuaba confuso.

—¿Curra no se llevó la recaudación?

—¡No! ¡es mentira! ¡Y yo todavía menos! ¡Curra descubrió a Samira!

Entonces era eso.

La escena alcanzaba de golpe la máxima nitidez. Samira no se había ido a Marruecos y Curra la había descubierto escondida en el *Señor*... Las piezas iban encajando. O ya estaban encajadas. Así que eran hermanas. ¡Hermanas! Tenía que pensar con calma, sólo era cuestión de no dejarme devorar por el tiempo. Los hilos formaban una urdimbre y veía claro ya el dibujo que surgía.

Doctor Temple había echado una mano a Samira en el viejo asunto del sordomudo, enterrando el cadáver, dejándola fuera del caso. Y se cobrado el favor encajando a Curra a la Mona. ¿Esto por qué? ¿Un caprichito de Vargas? Eso no lo sabía, aunque podía suponerlo. Luego Curra había descubierto a Samira escondida en el *Señor*... ¿Y qué? ... Samira estaba allí a salvo... a no ser que alguien, "accidentalmente", descubriera el cadáver del sordomudo enterrado junto al *Bambú*. Una buena oportunidad si ese "alguien" quería chantajear a la Mona. Para quedarse con su club, por ejemplo. La policía interrogaría de nuevo, con renovado interés, ¡al amigo Calva!... ¡y a Novoa! La primer pregunta sería quién había manejado el cuchillo. ¡Porque la autopsia revelaría que el sorderas había muerto de una cuchillada en la espalda!

De golpe mi cabeza se despejó del todo. Me entraron prisas por dejar a Beba en algún lugar. Giré el volante.

—¿Entonces tú tampoco metiste mano en la caja?

—... No.

Un par de minutos después nos detuvimos delante de la puerta del Cantábrico. La tendí unos billetes.

—Coge una habitación. Dile al bigotes que vienes de mi parte.

Cuando la vi desaparecer por la puerta, me puse en marcha y enfilé hacia Gomar.

No habían colocado todavía el letrero, lo vi en el suelo al pasar, letras de jeroglífico egipcio con una esfinge, en tubos de neón. Si había estado allí antes, en el suelo, nunca me había fijado: *La Esfinge.*

Había tenido que conducir durante una hora para llegar hasta allí, silbando aburrido porque no tenía radio y era de noche, por una carretera llena de curvas por la que apenas había transitado, sólo un par de veces había circulado por allí para ir a Monegre en busca de chicas.

El letrero del *Salem* estaba apagado, y el club cerrado, así que casi me paso de largo, fue en el último instante, al ver el tejado de teja blanca, exclusivo del *Salem,* cuando pisé el freno.

Un camino de gravilla, de unos cien metros de largo, conducía hasta la puerta del club. De pronto me vi obligado a levantar el pie del acelerador y a pegarme a los alibustres que vallaban el camino: unos faros venían en mi dirección, a demasiada velocidad.

Era Albano. Logré reconocerlo cuando cruzó como una centella a mi lado. Estaba lívido y su expresión era de pánico. Conducía el Mercedes de Doctor Temple.

Oí como el coche patinaba al final del camino y chocaba contra algo con ruido de cristales. Pero no se detuvo, porque oí el gemido de las ruedas tomando la general. Resoplé y, a diez por hora, enfilé hacia el club.

El aparcamiento estaba vacío. Era un edificio de una sola planta, de corte moderno, pintado en un tono pastel y sin ventanas. La puerta estaba abierta de par en par y las luces del interior encendidas.

Dejé el coche y entré.

Era un local amplio, pero sin las pretensiones del club *Se-*

ñor, ocuparía en la escala un par de peldaños más abajo, sin llegar a ser un club de carretera. Tenía moqueta, barra acolchada, columnas tapizadas de terciopelo, taburetes de cuero y bombillas con lámpara. Pero era una decoración barata, para llenar el ojo.

Al pie de la barra, en el extremo más alejado de la puerta, boca abajo, en el suelo, y con un gran boquete oscuro en el centro de la espalda, se encontraba Doctor Temple. Tenía los brazos estirados, el cuello forzadamente doblado, con el rostro presentando el perfil, y las piernas separadas y algo dobladas. Sus gafas habían ido a parar a un metro de la cabeza, con los cristales rotos. Su rostro era ahora extremadamente anguloso, como si el aire de la ciudad no le hubiera pulido nunca. La pata de una banqueta, tirada junto a él, tocaba su mano derecha.

Me estaba acercando a él cuando oí un ruido al otro lado de la barra. Me volví, un poco crispado. Escuché. De nuevo me llegó el ruido, parecía un jadeo. No se veía a nadie, resultaba misterioso. Me subí al posapiés y asomé la cabeza.

Era Rico. Tenía un agujero negruzco en el cuello por el que manaba un hilillo de sangre. Las gotas caían sobre una botella. Trataba de incorporarse apoyando los nudillos en el suelo, con la rodilla derecha todavía en tierra, lo hacía lentamente, poniendo mucho cuidado en cada movimiento, como hacen los borrachos cuando sólo una idea escurridiza ocupa su cerebro.

Lo consiguió. Se enderezó, rígido. Dio media vuelta y avanzó un par de pasos con las manos por delante, a media altura. En el espejo del botellero pude ver que el hilo de sangre había aumentado de grosor. La sangre empapaba el cuello de su camisa, extendiéndose como un dogal púrpura. Avanzó en línea recta, pero tropezando con el mobiliario, avanzaba con seguridad pero ya no veía.

No me hubiera gustado verle tomar mi dirección. Estaba ya muerto. Por eso retrocedí hasta la puerta, dispuesto a salir al aparcamiento.

Se desplomó antes de abandonar la barra. Lo hizo de golpe, como si los hilos que le sostenía hubieran sido cortados de un tijeretazo. No necesitaba acercarme a él para saber que estaba definitivamente muerto.

La Mona no se encontraba allí, a no ser que se hubiera ocultado en alguna dependencia interior. Me pareció improbable.

Su coche no estaba en el aparcamiento. Doctor Temple habría venido con Albano, y Rico en un taxi. Tampoco estaba el coche del posible y misterioso personaje al que la Mona iba a comprar el club. ¿Sería cierto lo de los veinte millones? ¿o había sido sólo un fino anzuelo para retener a Rico? Entonces este se lo había tragado entero.

Busqué el dinero detrás del mostrador, dentro y fuera de los frigoríficos, de la cafetera, dentro de los cajones, debajo de un trozo de moqueta todavía sin colocar, en todos los rincones del club... Pero no lo encontré. Dejé de buscarlo cuando recuperé la imagen de Albano y su precipitada huida.

Entré en un par de bares, sin demasiadas ganas de beber, entretenido con el rumor de las conversaciones y con el movimiento de los clientes acercándose y alejándose de la barra.

Luego fui al *Bambú*. Me detuve al borde de la carretera, sin bajar del coche.

Las luces estaban apagadas y la puerta entreabierta.

Oía el rumor del viento meciendo la copa de los álamos. Desde la carretera, la nave era casi invisible, difuminada en la noche. A la mañana siguiente, al amanecer, habría allí sólo un campo vacío.

Maniobré enfilando el coche hacia la nave y encendí los faros.

Sí, el *Bambú* todavía se encontraba allí, o, mejor, parecía recién surgido de la nada gracias al sencillo acto de pulsar un conmutador, dotándome de un poder mágico. Novoa, el mago, hay que ver. Sólo tenía que apagar las luces para escamotearlo. Y sólo yo sabría donde se encontraba. Sólo Novoa sería capaz de darle vida de nuevo.

La puerta se encontraba entreabierta. Sin duda Calva la había dejado así, me pregunté por qué se habría preocupado entonces de apagar las luces.

En una cafetería pedí un emparedado. Un borracho estaba a mi lado en la barra. Me decía, con voz arenosa, que él siempre bebía lo mismo.

—Deberías probar algo nuevo.

Deambulé un poco por la ciudad, conduciendo.

A eso de la una me detuve delante de la puerta del club *Señor*.

La Mona se encontraba sirviendo copas al otro lado de la barra.

Había una chica nueva. Era Samira. Estaba atendiendo a un cliente pero, al verme, se escabulló por la puerta de servicio.

La Mona y yo nos miramos. Con la vista flotando hacia otro lado, le pregunté:

—¿Tienes algún vínculo civil con Doctor Temple?

No escuché ninguna respuesta. Cuando volví la cabeza me encontré con un ceño ligeramente fruncido.

—¿Por qué?

—Es el dueño del sesenta por ciento del *Bambú*.

Me miraba con una genuina expresión de no comprender.

—¿Por qué? —me preguntó de nuevo.

—Pensé que tú y yo podíamos llegara otra clase de trato. Al él no le interesa el club, sólo lo que hay enterrado detrás.

Guardó silencio durante unos segundos.

—¿De veras?

—De veras. Ni siquiera eso. No necesita cavar. Sólo que tú sepas que puede hacerlo, encontrar un cadáver con una cuchillada en la espalda. ¿Continúa interesándote encontrar antes que él ese cadáver?

Me miró fijamente.

—Te acabo de oír decir que te lo ha comprado él.

—Sí. Pero resulta que doce horas después ya no parece tan interesado.

Desvió la mirada sobre mi hombro, reflexiva.

—Si no le interesa a él entonces puede que tampoco me interese a mí —me miró—, ¿no habías caído en ello?

No esperó mi respuesta, se alejó hacia el otro extremo de la barra y habló con una de las chicas. La vi servirse una tónica.

Pedí una cerveza. Poco después la tenía allí de nuevo. Miró hacia la puerta.

—¿Le esperas? —la pregunté—. ¿Piensas que va a venir?

Me miró con dureza. Sabía que me refería a Rico.

—Claro que va a venir.

No, no sabía nada. No había estado en *La Esfinge*.

—La cita en *La Esfinge* era hoy, ¿fuiste?

Ahora su expresión estaba vacía, sin comprender.

—Sábado —le aclaré—. Tenías una cita a las once en *La Esfinge*, te faltaban veinte kilos para redondear un negocio.

Dejó deslizarse de nuevo su mirada sobre mi hombro.

—¿De dónde los iba a sacar? ... Ya habrá otra ocasión. ¿Los tienes tú?

—No.

Consultó de nuevo la hora y miró, impaciente, hacia la puerta.

—Ya tenía que estar aquí —comenté.

Resopló. Comenzaba a estar nerviosa.

De vez en cuando consultaba la hora y miraba hacia la puerta, cada vez más impaciente, también me miraba a mí, de soslayo, tratando de encontrar algún sentido a mis palabras.

—¿Por qué no te fuiste con él? —le pregunté.

Se encogió los hombros y bebió un trago de su tónica.

—¿Con su sueldo de poli? Ya me he arrastrado bastante —de nuevo consultó la hora—. Hace muchos que dejé de ser una romántica.

—¿Entonces ha sido él quién ha dado el brazo a torcer?

Una leve sonrisa apareció en sus labios.

Una hora más tarde le dije que me iba, que yo no esperaba más. Ella continuaba consultando el reloj, no me respondió porque se había olvidado de mí.

También se había olvidado de que había dejado de ser una romántica.

Cogí el coche y conduje hacia el hotel.